고령 봄 문학기행에서 이현명, 박후자, 김현숙, 오세영, 이건청, 최동호 시인 등이 함께

서울시인협회 행사장에서 좌로부터 손해일, 허홍구, 도종환(문화체육관광부 장관), 김현숙, 김정원 시인

시집박물관 기행(여성문학인회 김남조, 노향림, 김후란 시인 등을 모시고)

시집박물관 기행(여성문학인회 허윤정, 오현정, 김후란, 박경희, 김현숙, 김선희 시인)

김영은, 김현숙, 한분순, 이영춘, 최문자 시인 등이 한 자리에

영광 불갑사 정형택 시인 상사화 연작시 모음전에서

한국문인협회 완도행사에서 이춘숙, 김광자, 손해일, 서병진 시인 등이 한 자리에

한국문인협회 완도행사에서 장경호, 이춘숙, 손해일, 한분순, 김광자 시인 등

평창 한 · 중 · 일 시인 축제에서 (허형만, 서승석, 김현숙, 유자효 시인)

 평창 한 · 중 · 일 시인 축제에서 시를 낭송하는 허형만 시인

평창 한 · 중 · 일 시인 축제에서 (문화센터 관장과 강진규, 박호영, 김현숙 시인)

그때 그 시절. 1980년대 초반 조병화 교수 정년퇴임 기념식장에서
(좌로부터 김영주, 이희자, 김정원, 김현숙, 정성수, 조병화, 김종섭, 김영훈, 이충이 시인)

미래시시인회 사화집

제 **38** 집

밭 속의 꽃밭

한누리미디어

미래시 사화집을 내면서

김 현 숙
(미래시시인회 회장)

'미래시' 동인의 38번째 사화집을 냅니다.

'미래시' 동인은 한국문인협회의 기관지인 『월간문학』 신인상으로 등단한 시인들의 모임입니다.

40년에 이르는 역사를 가진 동인회는 한국문인협회가 존립하는 동안 이어갈 것인데 이는 까다로운 관문을 통해 신인을 배출하는 '한국문인협회' 라는 큰 울타리의 덕분이라 하겠습니다.

이렇게 김양식, 문정희, 노향림, 허형만, 감태준 등은 『월간문학』에서 배출한 시인이며 우리 후배들도 자신의 문명文名을 쌓아가고 있습니다. 또한 '미래시' 이름으로 동인회를 창립하고 문학활동을 할 수 있도록 초석이 되신 채수영(시인 및 평론가) 및 정성수(시인, 시분과 회장)를 비롯하여 동인회를 이끈 선배님들의 수고와 열정 그리고 당대의 문인협회 이사장님 및 여러분의 격려와 응원이 동인회의 성장과 성숙을 도

왔습니다.

 '삶을 시처럼' 살아보겠다고 했으나 삶은 산문이라는 생각이 듭니다. 그러나 시인으로서는 '시를 삶처럼' 살아가며, 시는 삶이 바탕이므로 시인은 결국 '시를 삶처럼, 삶을 시처럼' 살아갑니다. 삶이 생활의 현장에 놓여있지만, 사유로 현실의 벽을 넘어 시적 세계에 닿을 수 있기 때문입니다.

 백년만의 가뭄이라는 2017년의 더위에 쫓겨다니다가, 바지런하기로 소문난 억척네 밭을 지나면서 채마밭 푸성귀들의 싱그러움에 놀랐습니다. 밤낮 물을 대어준 모양입니다. 그 밭머리의 봉선화 무더기와 마주쳐서 발걸음을 멈추었습니다. 빽빽하게 들이찬 푸성귀들 틈에 끼인 낯선 얼굴은 놀라움이었지요.
 한낮의 폭염 속에서 나는 잠시 유년 속으로, 다시 억척네의 고향 속으로, 그리고 그녀의 시詩 속으로 날아다니는 찡한 울림을 맛보았습니다.
 우리가 사람을 만난다고 속까지 투시하기는 어려운 일이지요. 억척네의 속내를 만나본 새로움에 감사하면서, 시인들이 시에 기대서 살아가는 건 삶의 질質 즉 본질本質을 찾아가는 길이라고 새삼 깨닫습니다. 땀을 흘려야 하는 성실한 삶의 채마밭과 거기에 깃드는 몇 줌의 분홍빛 안개 같은 사유 그것은 몸과 거기 깃든 정신과 같은 것이 아닐까요.
 올해는 국제펜클럽 한국본부에서 주최한 '세계한글작가대회'가 경주에서, 또 한국시인협회가 주최한 '한·중·일 시인축제'는 평창에서 열려 대한민국에서 세계문학의 꽃이 활짝 피었습니다.

이번에 한국문인협회의 문학지 『한국문학인』 겨울호에 '미래시시인회' 작품을 특집으로 게재함으로써 힘을 실어 주신 한국문인협회 문효치 이사장님과 『월간문학』 김밝은 편집국장의 배려에 깊은 감사를 올립니다.

거의 40년의 세월을 문학으로 이어온 동인들의 연緣을 드러내는 뜻 깊은 자리가 되겠습니다.

끝으로 미래시시인회 사화집 제38집을 출간해 주신 한누리미디어 임직원 여러분과 우리 미래시시인회 지유(이춘숙) 총무 및 동인들의 수고와 협조에도 고마움을 표합니다. 더불어 우리 모두 충실한 삶과 시창작의 수련을 통해 참사람의 모습으로 살아갈 수 있기를 바랍니다.

2017년 11월

익어가는 세월

문 효 치
(시인 · 한국문인협회 이사장)

　서늘한 바람 속에서 삽시에 물들어 버린 만산홍엽으로 가슴 설레는 계절입니다. 2017년도 이미 그 꼬리를 드러내고 있는 이때 우리 한국문인협회의 기관지 『월간문학』과 인연이 깊은 '미래시시인회' 연간 사화집 제38집 『밭 속의 꽃밭』을 만나게 되어 무엇보다 반갑습니다. 더불어 거친 비바람과 폭염 속에서 지친 삶을 극복하고 익혀낸 동인들의 시詩라는 알곡 앞에 머리 숙여 경하 드립니다.

　'미래시시인회'는 앞서 언급한 대로 우리 『월간문학』을 통해 등단한 시인들의 모임으로서 1981년에 창립되어 2017년 현재에 이르기까지 37년간을 함께 해 온 역사 깊은 시인단체입니다. 몇몇 큰 문학단체들을 제외하곤 지연紙緣이나 학연學緣 등으로 모인 동인단체는 수시로 이합집산하며 해체되는 것이 상례인데 수십 년간 '함께' 하며 문학적 성장을 지속해 온 '미래시시인회'는 동인들의 열정은 물론 우리 한국문인협회가 든든한 울타리로서 기여한 것 또한 대단하다고 자위해 봅니다.

사람은 발로는 땅을 밟고 서서 머리는 하늘에 둡니다. 즉 현실적 삶을 영위하면서도 꾸준히 꿈을 꾸는 자들입니다. 속도와 기계로 대변되는 현대문명을 살아내기 위해서도 시인은 사유를 통해 시적 체험에 이르며, 숨 막히는 질서의 벽을 뚫고 나아가 자유의 생명력을 발휘합니다. 이렇게 시 창작이야말로 정서의 갈증을 해소하며 자신을 추스르는 방편으로서 바로 기계문명 시대에도 시인이 양산되는 이유가 되는 것입니다.

우리 국민 모두가 예술가가 되거나 혹은 모두가 시인이 되면 또 어떻겠습니까. 우리의 삶을 둘러싼 자연 및 사회 환경에 대해서 사유하고 창작하는 일들이 스스로의 삶의 질質을 높여 왔다고 생각합니다. 나아가 윤동주나 한용운 그리고 많은 시인들이 일제에 항거하며 독립운동을 선도한 민족정신을 잊거나 또 사회 전반에 걸친 부정부패를 방임해서는 안 된다고 다짐해 봅니다.

시인은 펜에 정신을 모으고 혼의 불꽃을 피워야 할 것입니다. 이것이 펜의 사명이기도 합니다. 시인은 성실한 삶과 진실한 노래로 누군가에게 위로와 희망과 용기를 주는 시대적 소명만큼은 반드시 기억해야 합니다. 건강한 국가와 민족의 미래를 위해 기여하는 미래시시인회 동인 여러분들의 건필을 축원하면서 다시 한 번 사화집 38집 《발 속의 꽃밭》 출간을 축하드립니다.

2017년 11월

Contents

차례

Contents

차례

Contents

차례

조명선

채수영

허형만

권경식

- 2005년 『월간문학』 등단
- 2005년 월간 『문학세계』 신인문학상
- 2007년 시집 《도시의 가면》

공의 화

피시시트 편집중 환자의 성의 활시위는
희망없는 희망을 향해 팽팽하게 조준하여
떨어지는 무거움을 끌어올리는
가벼운 조중을 향해 손끝을 놓을 그 순간
왼팔과 오른팔 사이에서 떨리는 이 울림
무의미한 절망으로 향하는 리듬과 멜로디
더 깊은 곳으로 쑤셔 판
텅 빈 그 곳
검은 어둠이 걸어나와야만 하는 너

무의미와 의미 그 사이
무거움과 가벼움 그 사이
희생하면서 화쟁하는
그 두 갈래로 나누어지는 그 통로에서
순수한 숨통을 터뜨리는 벌집처럼
지독히 외로운 이열치열이 있다

타향에서 귀향한 고독처럼
길을 다시 묻고 있다

꽃

때로는 바람처럼 살고 싶다
떨어지는 꽃잎에 대해 판단하고 싶지 않다
그대와 나는 서로 스치는 것일 뿐이었으면 좋겠고
바람이 부니 잎이 떨어진 것이라고
떨어지니 나와 그대를 채워준 것이라고
살아간다는 것은 그런 꽃구경으로 그냥 사는 것인가
일상에 치이며 일어나는 모든 것에 대해 생각하지 않는 것인가
와르르 흩날리며 떨어지는 꽃잎아
너는 또 어떤 축제 여행을 가니
너와 나를 이어주는 또 하나의 선물을 가지고
그대는 덤으로 찾아온 아름다움으로
허공 그곳에
또
무엇을 그리려 하니

지리산

고향 집 묵은 녹슨 옥궤, 거울집 감나무
뽕나무 옆 잠실에는
뽕잎 먹는 아그 발자국 누에고치가
나 닮은 소용돌이로 고사목 눈꽃 되어
천년 심해 바다 틈새로 뽕잎 먹고 실을 풀어놓는다
바늘귀 가지 끝, 마지막 어둠의 묵시록이다
밤마다 취하며 살아오며 반복하는 나의 말의 흔적
천연기념물로 잇게 한
불도저가, 지금 고국 산허리를 가로지르며
역사에 아름다운 광장으로 수놓을까마는

담아둔 전설 같은 눈물이 왈칵 당신 속으로 걸어 들어간다

좁혀지지 않는 백지에 가난한 아름다움으로
잊어지지 않는 끝없는 소멸로 죽어가지만
바람에 흔들리는 코스모스 같은 시간을 위해
떠나야만 그리움으로 되돌아오는 고향처럼
반복하며, 남모를 묵묵한 주변에서 침묵한 겨울나무로 지내왔다
눈물 콧물로 뒤덮인 엇갈림에서,
젖어오는 따뜻한 물에 몸을 녹여본다
오랫동안 열어놓지 않은 처량한 금지구역을

안간힘으로 궤도를 진입하려 했지만 들어오지 못했다
노스텔지어처럼 고함소리도 내지 않는 당신,
연어처럼, 제 몸 끝까지 불사르며 저항했다

남강은 늘 눈꽃처럼 나무를 그리워하며 봄이 오는 길목에서
한 줄기 빛을 찾는다

거울을 단
텅 빈 윤회의 아름다운 그늘,
그가 그리워서 우는 흐릿한 산,
생명 숨 쉬는 모국인 뿌리,
나무 아들은 물레로 직물을 짠다
숲길, 야성의 원시에서 언젠가 지을 집을 위해
되돌아보는 흔적으로, 미워진 내 발자국 균열을 봉합한다
마음 하나 연 산문 같은,
지리산.
문, 열고 기다릴 당신 그리는
어머니, 땅속 지리에서 또 다른 아름다운 사랑을 그리워하고 있다

경호강에서

지킬 게 거짓뿐인 세상을 빠져나와
문득문득 눈에 밟혀오는 옛일들,

보슬비가 집을 짓는 고을마다
새벽 고요가 산허리 구름으로 두르고
강가 바람은 돌아갈 때를 기다리면서
개구리소리 잠재우며 아침 미몽 속으로 잠잠했다

그리운 것을 그리면
오늘이 불행하다는 건
지낼 날보다 지내온 날이 많아서일까

꽃잎이 꽃의 기억으로 파닥거리며
화려한 그 고운 교태
연초록 앞에서, 무참하게 초록 빛깔로 물들어갈 때
낮달로 알딸딸해져 땡전 없던 그 옛날,
흰 김이 피어오르는 골목에 떠밀려
한 마디로 입구 없는 삶이었지만

어느 먼 시절 살림살이로 허덕이던 아내 얼굴
모든 것을 취소하고 싶었던 그 시절 아득할 때

지금 너에게로 가서
무슨 뜻인지 모르는 웃음 실실거리며
무지갯빛 종소리로 귓속말 들려주고 싶다

알량한 여생 여기서 거덜냈으면

새로운 첫날밤이 다시 밝아오려나

권분자

- 경북 청송 진보 출생
- 『월간문학』 등단
- 저서 《너는 시원하지만 나는 불쾌해》《수다의 정석》

절대고수를 만나다

불어온 바람이 덜컹거려서
점 보러 찾아간 점집은
낡은 단층 아파트 한가운데 있다

오래된 칸칸마다 든 노인들온 일제히 기침을 토한다

덜컹거리며 불어왔기에
살아온 날들이 수여하는 덜컹거림의 훈장
그렇게 최고의 고수가 된 사람들의
어깨에는 별이 빛난다

젊어서는 만난 적이 없는 인연들이
사금파리들, 쇠붙이들, 결국 아무것도 아닌
이것들이 모여
이웃을 이루어 해후하는 단층 아파트
몸 안에 가둔 서로의 지난날을
얼마나 울림 깊게 토해내는지

서로 자신이 고수라고
쿨럭이는 사람들

프로그램처럼 움직이는 봄도
우울증이나 실어증도
크나큰 성숙에 이르는 길인 걸
참을 만치 참았다가 기침으로
증거하는

고수들의 세상은 그렇게 오랜 기억을 게워내는
한파 가운데 있다

구들장 아랫목만을 찾아 헤매던
내 방황의 고민은
수십 년 총총한 총기聰氣로 뽑는
당신의 점괘占卦에 일시에 무너지고

강둑출사

금호강둑에는 마른 갈대, 쑥부쟁이, 도꼬마리
모두 무슨 하던 생각을
표정 밖으로 지워내고 있다

한 곳에 모여 웃던 그 표정에는
한꺼번에 길을 헤맬 때 흘린 가랑이의 오줌
찔끔 흘려 내린 흔적이 엿보인다

찢어지고, 찢겨져도 요양병원이 아니라서 좋은 때
닦아놓은 심법의 도道가 남아있어
왔던 길로 되돌아간 이들 소식 들을 때면
아름다운 완성이 그저 그런 거라는 걸 알게 된다

비극의 비법, 그들 또한 어차피 흩어져야 할
어떤 준비를 마쳤는지
모두 서두르지 않는 표정이다

찡그림의 표정이 다 증발하고 없어지면 어쩌나 하는
그럼 고민을 찾아보겠다고
시인의 눈빛으로 물끄러미 바라보데
얼굴이 있던 자리 남은 윤곽

허공은 카메라가 되어
영정사진인 양 담아 간다

아양찻집에서

잔디로 지붕 이은 여러 구의 고분이
엎어놓은 차사발로 보이는
아양찻집 앞마당에서
보리싹 비벼 만든 설아차를
입술 시린 자매가 나누어 마신다

그 누구도 함부로 침범하지 못할
침묵으로 덮인 고분을
말없이 함께 바라보는 것인 만큼
서로의 숨겨진 속내를
너와 나는 끝내 이해하지 못하였구나

너가 백白이고 내가 흑黑이어도
지하로 깊이 박힌 유전자
기둥뿌리 맛이 어쩌면 닮았을 자매
보여지는 외형에만 이리저리 마음 휩쓸리다가
무디어진 아양의 낯빛 마주하고
이제야 파랗다

많은 말은 오가지 않았어도
눈에 내재된 무언가가 혀끝을 건드려

함께 씁쓸해지는 맛
봄이 밀어올린 싹의 향기다

아날로그는 보수가 가능하다

어머니를 침대에 앉혀 놓아도
삐딱하게 몸 자꾸 기울어진다

오랜 세월이 한쪽으로 쌓여
당당히 살아낸 이야기가 내뿜는
아우라는
폭삭은 쉽게 내려앉을 수 없어
보수를 기다리느라
한쪽으로 기우는 것

급변하는 세상이어도 한 자리만 지켜온 어머니
품의 향수는 신비롭다

백년의 유적을 견뎌내느라
낡아진 곳 켜켜이 부품이 교체되는 희비극

참 다행이다, 아날로그인 어머니
또 다른 보수를 기다리며
기울고 있다

김광자

『月刊文學』 등단. 사)부산시인협회 前 이사장, 한
국문협, 국제펜 한국본부 이사 및 기획위원장.
사)한국시협 기획위원, 사)한국여성문학회 이사,
한국해양문학가협회 부회장, 미래시시인회 前
회장, 청마문학기념사업회 이사, 해운대문인회
고문, 부산문협 홍보이사.
시집《그리움의 美學》(세종우수도서선정 2015
년)《불타는 瑞雪》《침류장편枕流掌篇》총 12권.
수상 : 제23회 윤동주문학상(본상), 2003대한민
국향토문학상, 부산문협상, 부산시협상, 설송문
학상, 동포문학상 등

_ 詩 사랑

_ 수목장 詩 나무

_ 북극해 읽기

_ 서산 낙일落日

詩 사랑

쭉정이 밭에 쌓인 낱밤이 달포가 지나고
또 한 철을 맞는 마가을
펜촉 물 마른 입술을 추림에 적시면
장황하게 늘어지는 노변정담爐邊情談
갈고리달도 귀 늘어지게 시를 듣는다

시러베 아들놈 같은
쭉정이와 씨름한 백전百戰의 궤적들
이제는 멈추고 눈 붙여라
어깨를 두드리는 어슴새벽
빙설의 붓끝을 시새운 눈설래*가 생생하여
귀잠이 아침을 밝히니
막칼질, 새김질엔 어쩔 수 없는가
모조리 만달만을 비웠구나

사랑아
때로는 악연이라 절필도 하고
시악도 부렸으나 네 만한 마음 맞는 친구
네 만한 동심同心과 의리가
이 한 세월 연인이자 악연도 없더라   * 눈설래 : 찬바람과
폭포의 가슴내림   눈 몰아치는 현상.
물레 잣아 치받는 아픔의 시 사랑아.   * 시악 : 마음 속의
                                          심술과 투정.

수목장 詩 나무

나무가 글을 쓴다
가지 휘어지게 굴우물* 찍는 펜촉
잎사귀에서 새긴 시 엽서
겨울 초입에 들 준비가 한창이다

나무가 시를 쓴다
나뭇가지들의 갈긴 휘호가
추사 김정희 명필을 닮았다

나무가 시를 쓴다
잎집에서 잎잎이 눈을 뜨고
수식어가 맞는지
받침법이 틀렸는지
띄어쓰기 붙여 쓰기 보고 또 본다

시를 쓰는 수림공원
잎사귀마다 푸른 시어詩語
잎파랑이 살집 좋아 잎가에서
벌바람 춤을 추는 詩나무 축제

*굴우물 : 매우 깊은 물.

북극해 읽기

쇄빙선 갑판을 나와
빙해의 신천지를 만났다

간신히 달라붙었던 햇살이
눈부시게 빙벽을 타 내리자
로알 아문센* 영웅이 마중을 하는 건너편으로
두 다리와 부리가 새빨갛고
하얀 몸 날개를 가진 북극새가 날아 올랐다

새들은 북극해의 영혼에서 태어났다고
그러기에 이방인에게
영역을 지켜야 할 텃새가 사납다기에
해도 위로 북극갈매기를 그렸더니
어느새 붉은 혼의 발톱들이 데려갔다

신성불가침인 줄 알면서
다산지기에 램프꽃* 필 때를 기다리며
해빙판을 깨어 부수고 추진해야 하는 아라온호*
쇄빙선 엔진소리는 백야를 걸었다

램프꽃 줄기는

왜 밤에도 북극을 자꾸만 밀어 올리는지

램프꽃밭을 밟고 오는 잿빛 밤은 궁금하다

어둠이 더 얼기 전에

유빙에 앉아 쉬는 한가한 북극곰처럼

북극점을 찝어 나르는 북극제비처럼

쇄빙선을 탈출하여

순백의 북극해 만년설 살고 싶다.

* 램프꽃(모스캠피온) : 북극에서 피는 꽃.
* 로알 아문센 : 북서극점을 항로를 최초로 개척한, 남극을 정
  복한 노르웨이 탐험가. 노르웨이의 국민적 영웅으로 칭송.
  북극 닐슨과학기지촌 광장에 동상이 있음.
* 아라온호 : 우리나라 첫 쇄빙선, 쇄빙능력 및 쇄빙연구선으
  로 분류된다.

서산 낙일落日

저녁밥상을 덮는 노을

기러기떼 등에 업혀 잉걸불 끓는 낙조

들바람에 씻기우는 철써기* 청아한 울음
노을을 치받고

추정秋情이 밀어올린 황진이* 꽃대에
푸지게도 매달린 씨낭이* 쩍 벌린 가을

석양천夕陽天 바라보니
서산에 물드는 황홀한 구름
내
그날도 저리 찬란했으면ㅡ.

* 철써기 : 여치과의 곤충.
* 황진이 : 국화꽃과의 이름, 9,10월에 핀다.(원산지는 일본, 중
  국).
* 씨낭種囊이 : 씨앗 주머니.

김규은

- 1991년 『월간문학』 신인상으로 등단
- 시집 《냉과리의 노래》 등
- 한국여성문학인회 이사
- KBS 아나운서 역임

다 된다

의수 같은 자음子音도
허수아비 외마디의 모음母音도
안고 업고 보듬고 손잡아 이면
의미가 된다
말이 된다

샘물, 꽃, 아기, 하늘, 어머니, 우리나라, 희망……

아름다운 말 눈물 나는 말
따뜻한 의미가 된다
안고 업고 손잡고 이면
다 된다
다 된다.

화웅和應, 절정의 하모니

빙그레 웃는
향기 중의 으뜸은 사람이라지만
새소리 물소리 바람소리 두레반상

잡초 있어 꽃인데
돌 있어 옥인데
돌로 꽃으로 돌아앉아 목쉬는 일

하룹송아지 천연히 엄마 부르듯
형형한 빛 수탉의 목청 어둠을 쫓듯
돌도 꽃도 너도 나도 한 음절의 노래로
가슴이 대답하는 화웅, 절정의 하모니
눈물이겠네 눈물이겠네 이 세상 찬란하겠네.

숨터

TV '숨터'의 앵글 같은
마음이고 싶다
매 순간 매매사사
그 중 아름다운 절정의 순간을
짚어내는 시선
나도 세상을 그런 눈으로 살고 싶다
자연만이 아니고
사람과 사람
일과 일 사이
기쁨뿐인가
아프고 저려도
그 중 절묘한 찰나를 포착하는
마음의 눈을 뜨고 싶다.

만두를 빚으며

손자 손녀 며느리
모두 둘러앉아 만두를 빚는다
5살 손녀도 유치원에서 배운 대로
고물고물 물을 발라 모양을 낸다
"아가 궁둥이에 밀가루를 묻혀 채반에 놓아라"
"할머니 궁둥이가 어디예요?"
앞뒤가 비슷하여 나도 웃으며
만두의 궁둥이를 짚어 주니
밀가루를 꼭 눌러 채반에 가지런히 놓는다
비행기 만두 꽃송이 만두 입 벌린 만두 줄을 서는데
손녀는 만두를 만들 때마다 갸웃갸웃 궁둥이를 물으니
할아버지 방에서 나오시며
"애기가 무얼 안다고" 웃는 듯 역성을 들고
나는 손녀가 너무도 자냥하여
"조상님 기쁘게 흠향하시겠다 우리 아가"
아픈 허리 추스르며 활짝 웃었다.

김미윤

1986 『시문학 추천』, 『월간 문학』 신인상 당선
마산시문화상, 불교문화상 수상
시집 《녹두나무에 녹두 꽃 피는 뜻》《흑백에서》 외
마산문협 회장, 마산예총 회장 역임
현재) 경남문학관장, 경남시인협회 회장
이메일 : mykim1194@hanmail.net
(휴) 010-2585-1194
주소 : 경남 창원시 마산합포구 문화동7길 23
      창포동성아파트 103동 1101호

마산연가

빛바랜 젊은 날은 꿈길마저 남루해
어섯눈 뜬 신새벽 말질로 속 뽑히고
국화내음 헹궈 시드런 몸짓을 따라
갈마산 된비알에 빗더서는 갯바람
천신호* 고동소리 목쉰 채 멀어진 후
거친 숨결마다 되록거린 물굽이여
끊지 못할 인연의 긴 세월 흘러가도
둥글게 못살아 선창가 더 애틋한데
시간벽 빗장 풀듯 섬그늘 안겨오면
그리움 만조 되어 가슴 깊이 밀린다

* 천신호 : 마산항에서 남해안을 오가던 여객선

그림, 그 반어에 대하여

로트레크의 퇴폐와
모딜리아니의 우수
샤갈의 환상을 사랑합니다
아니
쉴레의 염세와
고흐의 좌절
뭉크의 절규를 더 사랑합니다
예술은 영혼의 언어,
절망의 늪가에서 온몸으로 지핀
창작의 혼불,
문명을 뛰어넘는 왜곡된 형태
격렬한 색채의 그 불확실성마저도
사랑할 수 있는 한 오래
사랑할 것입니다

무상 · 2

지우지 못할 세월의 주름살
가누지 못할 회한의 무게감
별똥별 하나 떨어지는 날에
산나리 두엇 피어나는 날에
불고 간 바람 어디쯤 머물까
스쳐 간 인연 언제쯤 닿을까
한 세상 헤매다 돌아눕는 일
한 평생 싸매다 내려놓은 일
눈 한 번 감으면 지우는 것을
손 한 번 씻으면 비우는 것을

해후

갑자기 눈앞으로 별꽃이 쏟아졌다
사위四圍가 침묵에 휩싸여
입안 가득 이름만 베돌 때
회한이 온몸 구석구석까지 밀려왔다

살아 있어서 그저 고마웠다

운명처럼 모두 지워진다 해도
그 순간만은 진정 행복했다
아득한 추억의 에움길로
가슴 속 강물이 시드럽게 흘러갔다

김영은

- 1989년 『월간문학』 시 등단. 2001년 한국소설 소설 등단
- 시집 《이름을 가진 낙엽》《꿈꾸는 새는 비에 젖지 않는다》《나는 밥을 낳았다》 외 다수
- 제9회 윤동주 문학상, 제15회 영랑문학 대상, 제32회 PEN문학상 수상

_ 타나토노트
_ 먼 집
_ 달에 걸리다
_ 오줌의 미학

타나토노트*

마음이 몸으로 돌아오는 남루한 거동을 읽는다

동구 밖에서 기웃거리다 비척이며 누가 볼세라 슬금슬금 들어서는…
무작정 떠나던 어느 막막함의 한 때가 저녁연기 피어오르는 집이 그리웠다고 타박타박… 정자나무 지나 걸어오는 18문 깜장고무신, 몸 떠나 어디를 떠돌다 이제야 사립문 들어서는 마음을, 어디서 모진 매를 맞았는지 헝클어진 머리에 들꽃 한 송이 꽂고… 치명의 상처를 겨우 가린 히죽거리는 옷으로 마음 클클… 기댈 몸 찾아 돌아오고 있구나
참 춥겠다고… 그래 잘 왔다고… 마중이라도 나가 손잡아주어야 하는 것을, 어서 오라고
잘 왔다고 클클……

초라하게 돌아오는, 내칠 수도 없는… 마음

*타나토노트 : 베르나르베르베르의 소설 제목. 몸에서 빠져나간 영혼이 영계에 갔다 다시 몸으로 돌아오는 영계탐사자란 뜻

먼 집

긴 노래를 쓰려고 이렇게 쪼그려 앉았는지 몰라
바람에 흔들리는 시간들이 줄을 서네
서로 먼저 묻히겠다고
먼 길을 달려온 시간도 가쁜 숨 몰아쉬며 줄 끝에 서네
그대와 소통하며 빌려 쓴 언어들은 말갛게 지워졌으니
옹알이부터 새로운 말을 배워야겠지
피 뜨겁던 언어들이여, 흙을 덮고 꼭꼭 밟아주네
달빛이 이우는 밤이면 노래를 기억해 낼까
갈대도 누렇게 힘줄을 놓았는데
작은 뒤척임에도 버석버석 들키고 말아
어디 한 군데 숨어 울지도 못하고 바람 앞에 매를 맞는 날
국화 한 다발, 소주 한 병 차고 난 그대에게 가네
뜨겁고 푸르렀던 젊은 나였던 그대여
베토벤의 레퀴엠도 배경으로 있을 장엄한 생음악을

긴 노래를 쓰려 하네

달에 걸리다

섬에 갔네
돌멍게 한 접시 놓고 소주를 마실 뿐인데
달빛이 어깨를 잡아 흔드네
보름달과 계수나무의 전설일 뿐이라고
내 탓이요, 내 탓이요, 내 낫이라고 나를 달래는데
누군가 달 속에서 환히 웃고 있네

파도가 큰소리 지르며 패대기치는
어둠을 난 어쩌지 못하네
울음 박힌 돌 꺼내 반질반질 닦아보다
휘갈기는 물결의 호소문을 더듬거리며 읽어보기도 하고
바람도 흔들지 못하는 고립무원의
저 딱딱한 마침표를, 감탄사를, 느낌표를,
어둠 혼자 궁굴려 놓고 있네

파라다이스를 꿈꾸던 156센티 48킬로의 섬이
위기에 빠질 때면
바위들이 바다 위를 뛰어다니며
울컥울컥 아버지를 쏟아놓았네
새떼들도 날지 않던
물고기들만 진저리치며 수평선을 넘던 바다를

아버지가 아버지를 쏟으며 다스렸네

작은 섬은 무작정 달빛 쪽으로만 뿌리를 키웠을까?

계수나무 아래 실루엣으로
여전히 웃고 있는 아버지
그 풍경 속에서 삭아온 나를 뽑아버리고 싶은데
어쩌나, 뿌리 너무 깊어
달에 걸린 발목 빠지지 않네.

오줌의 미학

장대비 쏟아지던 계곡에서
남자 거시기 같다고 바위를 참견하다 겨우 관광버스에 올라
복사 흐드러진 꽃잎도 침이 마르게 탐하던 할머니들
엉덩이 까고 주절주절 수다를 떨며 질금거린다

오줌에도 미학이 있다면
달빛도 가려진 귀퉁이에 쪼그려 앉아
새파란 풀잎을 눕히며 내지르던 낭창한 소리가
돌 같은 가슴팍이라도 뚫겠다고 쏘던 오줌줄기가

한세월 돌아와
엿가락처럼 늘어지는 여유로움이
달빛 휘영한 야심에 담 밑에서도
벌건 대낮 밭둑에서도
졸졸 가뭄에 도랑물처럼 흐르지 않는가

뻔뻔함이 당당하게 주름진
노파 셋이 관광버스 옆에 쭈그리고 앉아
잡담처럼 낄낄거리며 오줌을 눈다

김영훈

- 1984년 『월간문학』 등단(詩)
- 시집 《꿈으로 날으는 새》《가시덤불에 맺힌 이슬》《바람 타고 크는 나무》《꽃이 별이 될 때》《모두가 바람이다》《通仁詩》

숲속 광장

어느 철만 되면
연단에서 열 올리는 사람이나
그 아수라장에 끼어들어
하염없이 경청하는 사람들

광장에선 도토리 키재기로
서로 잘났다고 외쳐대는데
나무들은 작은 것 달랑 달고
저렇게 우뚝 솟아 있다

한때 외치거나 귀 기울이다
누이면 쓸모 없는 존재들,
누워 쓸모 있는 재목 앞에서
큰소리치는 것이 부끄럽다

저 광장에서 웅성거리는 사람들
누구나 죽으면 쓸모 없이 묻히니
광장 둘레에 서 있는 나무들
그 모습이 더욱 당당하다.

詩안경

시詩 안경 쓰고 나면
보이지 않던 것들 떠오르고
그림같이 보이던 것들
화장기 지우고 진실을 보인다

금이 간 낡은 시詩 안경알도
배고픔까지 꿈의 여백으로 보여
별난 세계로 한 세상 살게 하는
뚝심의 시력을 뿜어낸다

껍질 깨고 나오는 꽃망울들
시인의 눈빛 살피며 피어나는지
돌마저 바스러졌다가 시로 뭉치면
별이 되어 어둠의 빛이 된다

낱말의 수렁에 빠져들었다가
용광로 뿜어 나오는 시의 불길
그을음 닦아내면 생략된 언어들이
구슬 같은 시詩 되어 날개를 단다

내 고향 대나무

먼 고향 찾아갔더니
작은 집들은 사라지고
대숲이 푸른 날개처럼
집 한 채를 품고 있다

대밭에는 죽순까지 솟아
몇 대가 함께 사는 대가족
실바람 나누어 속삭이며
발부리 뻗어 내리고 있다

꽃과 열매를 갖기 위하여
고향을 떠나는 이 시대
대나무는 빈속을 감싸고
별꽃을 바라보고 있다

어떤 바람이 불어와도
제자리에서 숲을 이루어
날개 접은 원앙새처럼
이 마을 빈 호수에 떠 있다

시골집

자식들은 돈벌겠다 떠나고
공부하기 바쁜 손자새끼
얼마나 컸는지 모르겠다는
노인만 시골집에 살고 있다

집안 구석구석에 남아있던
낡아빠진 작은 세간까지
풍물시장에서 손짓하는데
허리굽은 노인만 남아 있다

밭에서 싸우던 잡풀이
안마당까지 찾아와서
늙은이와 놀자 유인한다
잡풀들이 노인을 일으킨다

청춘을 받쳐 싸우던 적들이
이제 사랑으로 다가온 건가
"원수를 사랑하라" 말처럼
노인은 풀꽃향기를 맡는다

김의식

- 『월간문학』 1990년(시조)
- 한국여성발명협회 회원
- 의상작가

_ 산이 나를 불러
_ 커피 향은 날아가고
_ 초록별 뜨는 창가
_ 오월 산아

산이 나를 불러

후미진 터 산정계곡 고요함이 가라앉아
나를 닮은 바위 한 점 찾아가서 안아볼까
어디쯤
세월 때 입어
고독의 문 닫고 있나

우거진 숲 공간마다 기웃대는 바람소리
선잠 깬 듯 지는 해가 영혼 하나 줏어들고
속울음
토해낸 서녘
비스듬히 걸쳐 있네

몰라라 수수억년 해와 달이 뜨고 져도
마음 하나 둘 곳 찾아 별로 떠서 서성이다
고뇌로
되돌아보니
내 그림자 밟고 가네

커피 향은 날아가고

– 아버지 그림자

쌉쌀한 커피 향에 잠시 머문 생각들
무심 하나 걸어놓고 음미하며 바라보다
화들짝 내가 나 찾아 확인하니 슬픈 세월

풀어서 풀려 나간 실꾸리가 맨몸일 때
간절한 내 어머님 그렁그렁 눈물자락
안개 속 체념해 버린 내 아버지 그림자

젊음도 삶의 끈도 지워 버린 38선아
눈에 선한 그 사람들 별로 떠서 아득해
철조망 녹슨 세월에 할머님은 절규했다

초록별 뜨는 창가

내 심안心眼 깊은 곳에 잠겨 버린 빗장 열면
유성이 흘러가고 별빛 시려 호젓한데
너 언제
거기 머물러
나를 찾아 깨우나

불면의 길목이라 하얀 침묵 걸어 놓고
어두움에 가린 기억 걷어 환한 실마리를
가끔은
한숨 불어서
너에게로 간단다

방향이 묘연할 때 생각마저 부질없어
나 어릴 때 꽃물 들여 다독여 둔 조각보
망각도
가슴에 두니
푸른 별로 뜨는 걸까

오월 산아

나 가고 너 남아도 산빛 물빛 여전할까
향기 실은 풀꽃 내음 바람 불어 좋은 날
오월 산
중턱에 서면
초록 물결 파도소리

너 가고 나 남아서 이 푸르름 그대론데
내 가슴에 노을 지면 박꽃처럼 눈도 뜰까
고와라
연초록 잎아
여름 가면 단풍 들라

김정원

- 1985년 『월간문학』으로 등단
- 시집 《허虛의 자리》《삶의 지느러미》《분신》
  (한영시집) 등 외 다수
- 율목문학상, 민족문학상, 소월문학상 수상
- 성균관대학교 및 명지대학에 출강했음
- 여성문학인회 이사, 미래시 동인
- 전화 : 031-781-0504(H.P 010-3356-0504)
- E-mail : wooajnee@hanmail.net

소녀상 · I

공관 앞 치마저고리 소녀상,
굳게 입 다문 채 얌전히 앉아있는 너를 만나면
가다가도 심장에 천불 타는 눈물이 난다.

날마다 기적에 떨던 어린 꽃딸기
격동의 역사를 온몸에 새긴 채
떠돌 되어 돌아왔더라

아무것도 붙잡을 게 없어
늑대처럼 하늘 보고 울부짖던 밤
벼랑 끝에 죽었다 천 만 번

지옥에서 기어오른 눈부신 새아침
그제야 꽃댕기 꿈은 울고 울다가

추운 날 꽃씨처럼
눈도 입도 굳게 닫아버렸냐, 그렇게

그 누구도 '위안부' 라 절대 부르지 말라
어이 '위안' 이라니 …어이…누굴,

넋은 두고 갈 밖에, 의연히 여기
용서를 구하지 않는 자가 올 때까지

돌이 되든 쇳덩이가 되든
오늘도 한뎃잠 서늘한 길섶

소녀여, 나는 네가
'잠든 연꽃'으로 보이는
그 날을 빈다.

일렁이는 그림자

문 밖에 나가 문득
하늘 한 번 쳐다보면
가슴팍에 안겨드는 허虛의 평안함

문 밖에 나가 무심히
땅을 내려다보면 어쩌다
한 포기 풀로 일렁이는 내 그림자

청량한 바람 한 점에 눈을 감는다
설레이는 이 고요
허락해 주신 풍요로움

스스로 가누는 나날의 무게
천날 씻고 만날 헹구는
궁휼한 이 만행萬行.

은혜라 했던가

- 봄길에서

후두둑 봄꽃들 모두 가셨네
꽃들이 보이지 않아 서글픈 나비들

허전한 맘 구름 낀 하늘 떠밀고
모란 따라 장미도 함께
등불 들고 오시나

찰랑찰랑 가슴에 차오르는 위안
봄날은 길어지고 한갓진 길목
눈부신 그 앞에 고요히 날 세우시네

아주 잠깐 천상天上인 듯
눈물꽃 피어날 듯
황홀한 순간에사 눈감고 느꼈네

아, 어느 순간 어느 날을
은혜라 했던가!

회한

외롬 반쪽을 건네주듯
아버지는 작은 낚싯대를 건네셨다
여름방학에 내려온 여식에게

앞장 선 아버지의 큰 낚싯대가
흔들릴 때마다 기다림이
길게 햇살에 출렁거렸다

바다 안에 잠긴 낚싯대 둘
지난날에 드리운 아버지
앞날에 드리운 나

수심水深만큼 고요와 평안에
푸르게 부풀었을 때
노래미 한 마리
꼬리치며 저녁놀 흔들었다

아버지의 진한 웃음은
파란 파래 위에 번지고
하루만에 넘친 기쁨을
나는 보았다

진작 진작에 자주 올 걸

평생에

결코 같은 날은 오지 않았다.

김현숙

- 1947년 상주 출생. 이화여자대학교 영문학과 졸업
- 중등학교 교사, 연화복지관 관장, 『송파문화원』 시창작 강사 역임
- 시집 《쓸쓸한 날의 일》 《물이 켜는 시간의 빛》 《소리 날아오르다》 외 5권
- 윤동주문학상 수상(1989), 후백문학상 본상 수상(2008), 한국문학예술상 대상(2011)
- 현재, 『문예대학』 강사, 한국시인협회 상임위원, '미래시' 동인 회장
- E-mail : forward0730@hanmail.net
- 주소 : 15251, 안산시 단원구 화정천동로1안길 19(402호)
- 핸드폰 : 010-9250-2701

꽃집에서

꽃을 주고 싶다
몇 송이 수선화
꽃의 고향
머리 위 떠도는 구름과
발 밑 부드러운 흙
가슴을 훑으며 흐르는 시냇물

미래를 키운 햇빛과
눈물을 가르친 빗물
生이 부러지지 않도록
작은 흔들림마저 일깨운 바람
이 모두를 주고 싶다

반짝거리는 평온으로 도배한
저 유리창 밖 세상에게
소음에만 익숙한
가는귀먹은* 너에게

*가는귀먹다 : 작은 소리는 잘 듣지 못함

나무처럼

이 세상에서
강 건너 산처럼
마주 봤으니
남은 날 동안
쉼없이 돌다리 놓아
저 세상 건너가선
한 데 엉기는 나무가 되자
향기 어울리는 숲이 되자

물 속의 길

오랫동안 한 자리에서
물이 제 깊이에 수련을 담고 있는
길의 끝에서
또 하나의 길이 시작되고 있다
끝없이 흘러가면서
물이 제 흔들림으로 물풀을 기르는
갇힘과 열림 사이
멈춤과 흐름 사이
한 칸씩 생각을 딛고
건너갈 수 있는 다리를
사람에게 보낸 신神이여

밭 속의 꽃밭

마를 새 없이 촉촉한 채마밭
기氣 푸른 푸성귀들의
들머리에 앉힌 봉선화 몇 무더기
달싹거리는 입술 더욱 붉은데

억척네* 갈퀴손에 움켜쥔 다량多量의 삶,
속에서 간간이 흔들리는
예측불허의 저 분홍빛 안개 몇 줌
일에 골몰하다가도 문득 돌아보는,
본질本質 어디쯤일까
끼고 사는 호미만 보아왔는데
오직 소출에 매달린다고 들었는데

그녀의 엉뚱한 꽃밭은
고단한 생生의 머리를 감겨서
가지런히 빗겨주는 단비,
신神이 열어둔 또 하나의 수로水路

　　　　* 억척네 : 억척스러운 일꾼

박종철

- 전북 남원 출생
- 1987년 『월간문학』 신인상
- 대한민국문학상, 예술평론상, 수상 외 다수
- 시집 《낮은 산 외진 길》 외 8권 출간
- 현재 계간 『문학시대』 주간
- 한국시인협회 중앙위원, 한국문인협회 이사

동박새

꽃보다도 나뭇잎이 더 예뻐 보인다는
산중문답山中問答에 취해 있는 사이
동박새 한 마리 날아와 손바닥에 앉는다

운명선과 생명선이 만나는 지점에 착지히여
떡 부스러기를 물어간다

등산 가방에서 꺼낸 보리개떡 냄새를 맡고
산신령의 동자처럼 나타난 동박새

쌀밥보다도 보리개떡 향수에 젖은 노인이
손 떨림으로 떨구는 떡 부스러기를 물어간다

운명선에서도 물어가고
생명선에서도 물어간다

인간세상의 부스러기를
신선세상의 동자가 말끔히 청소하는 모습에
바람조차 취해 있다.

조금씩 보이기 시작한다

쓸데없는 것들의 의미에 조금씩 다가간다
다가간다기보다 부딪쳐 본다
작은 알맹이가 퉁겨져 나온다

움직이면 움직이는 대로
입자粒子로 따라붙는 그림자다
가창오리 떼가 비창 소나타의 선율로
창공을 휘젓는다

하늘에서 깃털 하나가 내려와
갈대 잎새에 얹힌다
깃털 주위에 모이는 미세먼지처럼
가창오리 떼의 낱낱이 보이기 시작한다

미세먼지가 움직이는 대로
바람이 지나가고 있음이
언뜻언뜻 보이기 시작한다.

관음사 觀音寺

숲에 가린 길이
맨살로 밟히길 기다리는
섶에는
가도록 앉은뱅이 흰꽃
극락에도 바람이 있는 건까?
나뭇잎에서 묻어나오는
파아란 숨결이 있을까?
어림 운산運算으로 묘한 답을 얻고
절 안에 드니
연등 매달린 가지마다
어설프게 새겨지는
뜻 모를 주절거림

가을 끝자락

손을 씻고 손등에 묻은 물이
마르는 동안을 가다 보면
줄곧 따라오던 젖은 생각도
마르고

거짓말 할 줄 모르는 사람이
만들어놓은 지상의 환승 구간은
끝난다

익숙한 것을 버리는 연습이
끝나고
서투른 것을 챙기는 연습도
끝나면

하늘에서 선택하는 자와
지하에서 선택받은 자의
차이가 분명해진다

박찬송

- 충남 천안 출생
- 2005년 『월간문학』 등단
- 한국문인협회 회원

아이와 황소

진등 말랭이 소나무에 고삐를 매어놓고
아이가 풀밭을 달린다
손바닥을 펴 얼굴에 그늘을 만들고
바람을 움켜쥔 들꽃과 어린 풀을 옹달샘 같은
눈망울에 저장한 채 물구나무를 선다
세상은 아이의 눈에서 맑아져
하반신이 마비된 어린 풀이 엉덩이를 들썩이고
하얗게 드러나는 뿌리처럼 빨리 자라는 키 때문에
깡총한 발목을 드러낸 아이
황소의 눈에 눈부처 되어 벌떡벌떡
봄을 향해 달리는 황소의 울음을 달랜다
휘리릭 휘파람 불어
눈감은 하늘에 하나 둘 별들을 불러내면
굴뚝을 오르는 밥 짓는 냄새
네거리 버스 정류장 거울에 풍경을 완성하고
황소의 눈에서 하루를 되새김하는 아이
애정을 확인하듯 들고 있는 버들강아지로
황소의 목덜미에 간지럼을 태우며 내려온다

악어의 입

석촌호수 가장자리, 악어들이 산다
위턱과 아래턱 사이 누가 먼저 들어갈까
주춤대는 나무와 짐칸 가득
하늘을 싣고 달리는 트럭일까
하얀 꽃비가 아슬아슬
불안한 몸짓으로 서성이는데
늘 입을 벌린 악어
푸른 하늘을 싣고 달리는
그 비릿한 울음을 꿀꺽
식탐에 대한 욕구는 본능이라
먹어도 배가 고픈 악어의 허기
하늘을 뚫고 올라가는 부동산을 보며
짐작을 해 보기도 하는데
냉동차, 덤프트럭과 함께 빨려 들어가는 흰 구름
결국, 악어의 몸을 터널 삼아 악몽을 벗어나는데
캄캄해져 가는 내 욕망 속으로 가는 지하차도 속에서도
차들은 결코 속도를 줄이지 않았다

화장

육신과 단절된 시간이 인형처럼 웃는다
앞으로 가는 시간이 주춤주춤 뒷걸음을 치고
지나온 날을 쌓아놓은 얼굴은
아날로그로 발효된 기미를 감쪽같이 감춘다
지나간 세월에 황사 같은 가루분을 바르면
입술연지 받아먹고 시치미를 떼는 입술
매일 아침 잘 익은 앵두가 한 알씩 열린다
검버섯과 주근깨를 뒷방에 밀어놓고
새 날을 갈아 끼우는 달력처럼 재생된 시간
그들에게 하루는 너무 길다
때때로 화장실에 가 재생된 시간에 덧칠을 하면
다시 시간을 거슬러 나의 손끝에서 태어나는
화려한 하루살이
내일 없는 그 탱탱함이 아쉽다

자전거 타는 허수아비

길모퉁이, 한 레포츠가게 앞
사람 모양의 풍선이 자전거를 탄다
바람이 셀수록 힘이 세져
외마디소리를 내는 바람소리, 혹 불길한 소식일까
관절을 펴 철그럭거리는 세상을 싣고
있는 힘을 다해 바퀴를 돌린다
새나갈지 모르는 패기 바퀴를 돌려 막는
그에게 바람은 삶의 내면
바람으로 바람을 막는다
바람은 몸으로 막아야 할 장애물이자
이루고 싶은 소망
이 힘의 조절이 삶을 지키는 힘이다
쉼 없이 페달을 밟는 허수아비
늑골을 돌고 있는 자국 없는 바퀴소리가
이제 *자기 앞의 생을 향해
바람도 끄떡없는 신작로를 내고 있다
다람쥐 쳇바퀴 같은 삶을 살고 있는
내 옆의 수많은 허수아비들이

* 에밀 아자르의 소설 제목

박태순

- 전남 목포 출생
- 『월간문학』 등단

마도로스의 아내

간판 없는 막걸리 집
뱃길 떠난 남편 대신
비릿한 찜솥에 장대 밀어
앞섬 고아도 등뼈까지도 삶아낸다
확 트인 그림 같은 바다풍경에
뱃고동소리에 마도로스 남편 안부 묻고
갈퀴처럼 앙상한 할머니 손맛으로
텃밭에 푸짐거리로 겉절이 비벼내고
심장을 헤집듯 뼈다귀를 골라내고
섬과 함께 신안 앞바다를 삼킨다
붉은 노을에 평생을 기다려 온
마도로스 남편은 굽은 허리를 달래며
막걸리와 달동네 인심을 나누어 준다

내 고향 복길항

태양이 섬을 밝히는 곳
방파제 넘어 파도는 금빛 바다
더디게 흘러가는 시간
바다를 건너온 태양이 하늘과
복길항을 밝힌다
갯벌이 닫히면 아름다운 정원엔
굴과 바지락이 바닷물을 마시고
압해도 노을에 태양이 잠들다
해질녘 복길항을 물들이고
계절마다 찾아오는 일몰 섬도
목포대교와 압해대교
붉은 노을이 물속에 몸을 담근질한다

엄마

엄마
소리에도 목이 메인다
엄마
부르지 않아도 될 나이
급한 때 나도 모르게
엄마하고 부른다
비바람 피하다가도
배어나오는 말
나도 모르게 토해낸다
신음소리처럼 쓴 물 뱉어내듯
엄마 엄마
하고 탁탁 두드리다 삼킨다
순간 긴장이 풀린다
엄마 엄마.

온금동

온금동엔 바닷물이 들어
온금동이었단다
생활이 있는 공간
바닷물이 빠지면 길이 생겼고
골목길 가득 바닷물이 넘실댔던 곳
낡지만 낡지 않은 조그만 바닷길 마을
쓰러질 듯 비틀비틀한 좁은 골목길을
곡예 넘듯이 줄을 타는 온금동 길
시간이 멈춰 버린 공간
소박한 삶을 이어가는 곳
추억을 잊고 사는 유달산 아래 달동네
다닥다닥 붙어있는
추억을 잊고 사는 달동네 온금동
사람 사는 냄새에 취해 본다

신옥철

- 1995년 『월간문학』 등단
- 시집《뚜껑을 열어보고 싶다》《딱딱한 나》《有神論, 사랑할 수 없다》
- 오늘의 작가상. 아동문학 창작상, 심훈문학상, 경기도문화예술상, 성호문학상, 안산시 여성상 수상
- 경기대학교 문예창작과 교수
- E-mail : okchul0320@naver.com
- HP : 010-2632-2801

萬波息笛

저 속에서 소리가 울려나와 보호막을 형성하면 어떤 횡포도 범접치 못한다지. 바람도 막고, 홍수도 막고, 파도도 부숴 버리고 은밀히 계획되어져 침투하는 病魔 같은 유혹도 여지없이 막아낸다지.

피리소리가 되어 온 세상 덮을 만큼 커다란 遮日을 만들 것이다. 유리벽처럼 물 샐 틈 없는 밀도를 갖추어 사방 막아 놓고. 아! 사랑 하나 납치해야지. 독점해야지. 죽어 넋이 되어서도 끝낼 수 없는.

기도하는 엄마

나는 기도하는 엄마를 보았네.
삭정이 같은 팔다리 몸속 깊이 접어 넣고
거북이 등껍질처럼 움직임이 없는 엄마.
둥그렇게 굽은 등껍질에서 명주실 한 올 풀려 나오는 것
몰래 숨어보았네. 햇살 없이도 빛을 내는 거미줄,
그 한 가닥의 가벼움, 그 한 가닥의 간절함, 그 한 가닥의 영혼,
바람이 불면 하늘하늘 나부끼는 그 한 가닥 거미줄로
하늘에 집을 짓는 것 훔쳐보았네.
정말로 나는 눈물이 났네.
바람도 아랑곳없이 하늘로 오르는 거미줄,
새하얀 거미줄,
한없이 가벼운 거미줄,
모아 쥔 마른 풀잎 같은 두 손 거쳐
향 연기처럼 풀려나오는 엄마의 기도,
하루 너댓 시간 고행으로
수놓듯 한 땀 한 땀
레이스 짜듯 한 올 한 올 엮어가는 섬세한 작업,
애처로운 엄마, 낡은 모시적삼 같은 엄마,
온 생애를 하늘에만 의지하는 엄마,
거북이 등껍질같이 둥글게 슬픈 9순의 엄마,
아무도 모르게 하루도 거르지 않고 하늘 집 짓고 있는 것
몰래 지켜보며 오오, 울음 소리죽여 삼키게 하는 내 엄마.

나부끼는 내 어머니

이 환한 세상에서
한 쪽 줄이 끊긴 거미줄처럼
나부끼는 어머니가
바람에 의지하여 마슬을 다녀오신다
무얼 만나고 오시는 걸까
혼자선 갈 수 없는 먼 곳의 자식 목소리였을까
집에서도 어루만져 볼 수 없는
오동통 살이 오른 어린 손주 고사리 손이었을까
허공으로 날아오를 것 같은 어머니가
비눗방울처럼 금방 꺼져 버릴 것 같은 어머니가
가는 발목에
오랜 세월 키워 온 삶의 무게를 매달고
아장 아 아 장 아장 마슬을 다녀오신다

걸음걸음 바람의 세기를 조절하며 동행해 주는 고마운 이
한 가닥 남은 거미줄처럼 어머니가 의지하는 유일한 분
나부끼는 팔순 내 어머니를 보면
나도 모르게 그에게 간절히 기도하게 된다
어쩔 수 없이 눈물로 애원하게 된다
오오, 어머니의 神이시여……

엄마랑 싸웠다

엄마가 화를 낸다.
잎을 다 떨군 겨울나무 같던 엄마
가뭄에 시들어 가던 콩잎 단비에
살아나듯
온몸에서 힘이 솟는다.

엄마가 화를 낸다.
스치면 부스러질 것 같던 팔다리에서
싱싱한 생명력이 푸드득 푸드득 튀어 나온다.
날카로운 판단력이 서슬 퍼렇게 날을 세우고
내 기를 팍, 죽여 놓는다.

엄마가 소리지른다.
엄마가 물건을 팡팡 내던진다
몰래 웃다 들켜 욕설 뒤집어쓰며 신난다.
나의 앙살
콩잎을 살리는 단비,
한 재의 보약, 한 달 분의 장어탕,
여인네이면 어떠리, 노인네이면 어떠리
없던 힘 불끈 솟게 하는 비아그라
내 못돼 먹은 불효가 젊은 엄마 찾아주는 묘약이었으면 좋겠다.

윤영훈

조선대 국문과 · 동 교육대학원 국어교육과 졸업
『월간문학』지에 동시, 『창조문학』지에 시 당선
전남문화상 · 전남시문학상 · 광주전남아동문학
인상 · 한국바다문학상 수상
저서 시집《사랑하는 사람에게》《별을 잃어버린
그대에게》동시집《풀벌레 소리 시냇물 소리》
전남시인협회 회장 역임
한국문인협회 회원, 한국아동문학연구회 부회장
현재 광주전남아동문학인회 회장
E-mail : yoonyh56@hanmail.net
Tel, 062)413-5620 Mobile, 010-3616-5628
주소 : 62280 광주광역시 광산구 첨단중앙로 68
번길 131 306동 1402호(산월동, 첨단 3차 부영
아파트)

_ 늦가을에 쓰는 편지
_ 그리움이 피어나는 겨울
_ 새벽, 그 어느 날의 풍경
_ 폐교, 지금은

늦가을에 쓰는 편지

뜨거운 태양이 지나간 자리에
핏빛 나뭇잎이 흩날리고 있다
세찬 태풍이 휩쓸고 간 자리에
마른 갈대들이 가냘픈 허리를 세우고 있다
아직 이루지 못한 꿈들이 별빛으로 떠도는데
지친 몸은 벌써 따뜻한 온돌방을 그리워하고 있다

엎치락뒤치락 잠 못 드는 밤에
차마 터뜨리지 못한 말들이
하이얀 백지에 가득 쌓이는데
비상구가 없는 시간은 자꾸 흘러가는데
늘 풀어도 풀어도 해결되지 않는 인생살이는
부치지 못한 편지처럼
끙끙 가슴앓이만 진행 중이다

아우성치며 달려드는 파도에도
침묵으로 답하는 외딴섬인 마른 가슴은
모래 위에 찍힌 발자국인 숱한 사연을 안고
시퍼런 한의 강물로 흐른다
짙붉은 노을로 쓰러진다

그리움이 피어나는 겨울

가로수의 마른 나뭇가지는
하이얀 머리카락을 날리고
성에 낀 창문에는
회한의 정이 얼룩져 있다.

휑한 벌판을 정처 없이 헤매다
떨리는 가슴으로 다가온 바람에
저 마음 깊이 숨겨진 그리움이
활활 아궁이 장작불처럼 피어오른다.

모진 세월의 언저리에서
소중한 사람을 멀리 했던 우리들
눈에 보이는 것만 쫓느라고
보이지 않는 것을 잃어버린 우리들

이제, 차가워진 손을
살며시 부여잡고
감미롭게 젖어드는 사랑을 노래하자.
꼭꼭 감춰두었던 말들도 꺼내어
밤새껏 이야기하자구나,
조용조용 내리는 창밖의 눈처럼.

새벽, 그 어느 날의 풍경

밀물처럼 사라져가는
어둠의 조각들.

검은 바람이
휩쓸고 간 자리에
끈질긴 삶이 흔들리며
이슬을 머금고 있었다.

마지막 남은 눈물 몇 점이
아스팔트를 적시지 못한 채
하수구로 흐르고 있었다.

많은 사람들이
퀭한 눈 핏발 세우며
족쇄를 질질 끌고서
골고다의 언덕을 넘어가고 있었다.
언뜻언뜻 보이는 들판엔
밤을 몰아낸 성난 함성이
깨어진 사금파리마냥 반짝이며
아직도 귓가에 남아 있었다.
시나브로 산불처럼 번지는 햇살에

거대한 산이 불끈 솟고
생명의 물결이 넘치고 있었다.

불사조처럼 살아난 풀들이
길고 뜨거운 자유를 위해
목놓아 울고 있었다.

폐교, 지금은

빛부신 햇살이
고요가 먼지처럼 쌓인
교실 유리창마다
일일이 찾아가고 있었다.

깨진 유리창 사이로
언뜻언뜻 보이는
주인 잃은 의자만이
여전히 햇살을 반기고 있었다.

긴 복도에 신발장은
기다림에 지쳐
이젠 누워 있었다.
화단에는 꽃보다
잡초가 더 크게 자라고 있었다.

쉬는 시간이면
우루루 몰려와
공을 차던 발자국들은
어디에도 보이질 않고
덩그렇게 큰 운동장만

졸고 있었다.

칠이 벗겨진 학교 벽 위에
아이들이 그린 그림만이
철모르는 아이의 웃는 얼굴로
눈물나게 남아 있었다.

이상인

- 전북 고창 출생
- 『월간문학』 등단. 미래시 회장 역임
- 시집 《높은 산 깊은 골》《입 속 말만 굴리다》

_ 굴비 한 마리
_ 보성 녹차 밭에 와서
_ 객살 풀, 풀각시
_ 제주 섬에 왔더니

굴비 한 마리

밥상 위에 올려다 놓은 굴비 한 마리
개운하게 맛있게 잘 먹었다.

입 쩍 벌리고
눈 똥그란. 굴비 대가리만 달랑 남았다.

어두일미魚頭一味란 말 생각난다.
먹을 수 있을 것이다. 으쩍─ 부순다.

다이아몬드 닮은. 두 조각 뼈. 또르르 구른다.
정말 다이아몬드라면 어찌 되었을까

쩍 벌어진 입 짝 찢어졌을 것이다.
똥그란 눈 툭 빠져 버렸을 것이다.

정말 아니어서 얼마나 좋으냐.
입 짝 안 찢어지고. 눈 툭 안 빠져 버리고.

보성 녹차 밭에 와서

'산이 초록 누비 옷 입었네.'
누가 이 말 한다.
'왜 진작 와 보지 못 했나' 누가 질타한다.

선대先代 적 할머니들의 누비질 솜씨가
방금 바늘귀 뺀 것만 같다더니
방금 녹차 밭 맨 것 같다 해야 할 것 같다.

골골이 박힌 오월의 청단심 녹차 밭골에 와서
나도 파릇파릇한 죄수복으로 옷 바꿔 입는다.
초록들 생각의 감옥에 갇혀 버리려 한다.

귀가하자. 탈옥하자 한들
귀 먹은 듯 절벽인 듯 끔적 않고자 한다.
종신형 받고 싶다.

객살 풀, 풀각시

삿삿 소리 난다
삽질하는 소리다.
비옷 입은 내 비옷 가랑이에서도 삿삿
삽 소리 비슷 난다.
삽질소리 멈칫하자 비옷소리도 멎는다.
"자 가족 되시는 분들 나오셔서
흙 한 삽씩 떠 덮으소."
누나 가족들 다 덮고 난 뒤
나도 한 삽 떠 덮는다.
누나 세상 떴단 부음 듣고
밤새 달려왔을 때도 멀쩡턴 하늘이
신새벽부터 비가 내린다
어렸을 적 누나 뒤따라 다녔던 일 떠오른다.
객살 풀 뜯어 객살 각시 만들자며……
객살 풀 뜯으러 갈 때마다……

비에 흠뻑 젖은 풀 한 폭, 내 발 밑에서
파릇파릇 돋고 있다
"어― 이거 객살 풀 아닌가?……객살 풀이다"
경상도 부산땅 먼 이곳으로 시집 온 우리 누나
경상도 각시 될 양으로

전라도 객살 풀 뜯어, 그 많고 많은 객살 풀
풀각시 만들고 만들었던가.
뚜— 건너편 산 너머 부산항 뱃고동소리
밤새 흘린 내 눈물. 다시 솟게 한다.

제주 섬에 왔더니

제주 섬에 왔더니 봄비 내린다.
봄비는 가만가만 온다는 비.
기도하자 손 내미는 줄 알았더니
"와락" 어금니 같은 파도가 날 삼켰다

날 다시 게워 논 곳은.
전신이 청보리밭이 된 가파도였다
가파도의 하늘과, 바다가 날 일깨웠다.
너도 동색이 되자 했다.

지금도 입속말로 중얼거려 본다
가파도에 가자 가서 뵙자
봄비는 내리는 날 가야 한다 가서 뵙자
아— 가서 동색이 되어야 한다.

이은채

- 고려대 대학원(문예창작과) 졸업
- 대구문학상 수상
- 시집 《나무의 유적》 출간
- 도서출판 『그루』 발행인

나무의 유적

남산동 허름한 식당 구석진 자리
통나무의자 하나 앉아 있다
나이테로 걸어온 백년
나무 유적을 만난다

나무의 생은 둥글지만
끊어질 듯 이어지는 꿈길 있어
나무는 쉼 없이 걸었으리라

꽃 피는 오솔길
천둥 치는 들판
술 취한 모롱이 돌아
언 강에 발목 빠뜨렸으리라

갈수록 좁아지고 어둑해지는 골짜기
길을 잃기도 했으리라

푸른 날들이,
제 몸에 새겨 넣은 파문이
하얗게 마르고 있다

나는 동그랗게 앉았다

히야

직장 따라 외지로 떠돌다 옷이나 갈아입으려고
집에 들르면 큰놈은 날더러 "히야"라 했다
제 엄마가 아빠라고 일러주면
머리 긁적이다가 아빠라고 고쳐 불렀다

간혹 어린것들 보고 싶어 집에 가면
작은놈도 날더러 "히야"라 했다
형한테 배운 말, 제 엄마가 고쳐 주었다

삼십 년 세월 지나니
형 같은 아버지로 늙고 싶은 날이다

* 히야 : 형을 달리 부르는 경상도 사투리

무

무딘 손으로 무채를 썰고 있던 아내가

무 하나를 뚝 잘라 무두일미를 맛보라 한다

무심결에 무를 먹고 있노라니

무성산 고랭지 채소밭이 눈에 보이고

무 잎같이 푸른 소년 하나 보인다

무시로 솟는 배움의 열망 감당할 수 없어

무작정 가출할 여비를 마련하려고

무성산 산마루를 오르내리면서

무단을 져 나르고 있다

무를 짊어진 다리가 이리저리 비척대는 동안

무가 양 어깨에 무청 같은 얼룩을 남겨 놓았다

무성산을 떠나왔지만 불빛

무성한 도시에도 그가 찾던 배움의 길은 없었다

무슨 일이든지 소화하며 살기로 했다

무시로 공치는 비철에는

무위도식하는 백수를 길들이기 위해

무 한 접을 리어카에 싣고 난전으로 팔러 갔다

무도회장 앞을 지나온 탓일까

무가 모두 바람 들어 빈손으로 돌아왔다

무슨 일을 해야 즐거울까 내일을 걱정할 적에

무채를 썰고 있던 아내가 무 한 조각을 건네주며

무맛이 단가 쓴가 맛보라 한다
무를 씹고 있노라니 또다시
무성산 화전이 펼쳐지고
무서리 떼 다녀간
무장다리 밭에는 무꽃이 한창이다
무한 꽃차례 기다리는 눈들이 여럿이다

목어

눈동자 꽁꽁 묶어 두고

속 다 비운 채

바람 제멋대로 드나들게 했었지

쇠북처럼 울지도 못하고

이춘숙

- 지유(이춘숙)
- 한국문인협회 회원
- 2017년 『월간문학』 등단
- 미래시 동인 사무국장
- 광주광역시 북구구립도서관 근무
- 전화번호 : 010-3621-0856
- 이메일 : chm1128@hanmail.net

운주사

백제고분 출토 이력서를 넘기다
윤곽이 낯익은 얼굴 하나 만났다
어디서 보았더라 머리가 터질 것 같아 머리 비우러
들어선 운주사
몸통만 있고 머리가 없는 불상을 만나
내 머리 얹어두고 길을 걷는다
바위에 새겨진 하나같이 못난 식구들
벼랑에 기대선 소박한 얼굴들
비바람에 코가 닳아 없어진 아버지
눈매마저 희미해진 어머니
얼굴이 반쯤 떼어진 응석받이 아들 딸들
잔바람에도 자꾸 들썩거려 엉덩이가 패였다
합죽이처럼 우습게 생겼지만 총명한 인상들
돌아나오다
들어올 때 얹어두었던 개운한 머리를 따다
내 목에 얹는다
돌에 새겨진 어리숙한 표정들
균형 잡히지 않는 팔과 손들
내가 그들을 닮은 이유를 저 돌은 알리라

데칼코마니

하얀 밤은 검은 색으로 채색되고 뿔 단 자동차들은 빛의 속도
로 달린다 누군가 한 여자를 내려놓고 붉은 신호등, 삶의 경계
를 벗어난다 낯익은 번호판 하나, 큰길이 비틀거린다 엊그제
먼 길 떠난 어떤 이의 얼굴이 눈앞에 아른거린다 현기증 나고
속이 매스껍다

외면하듯 몇 미터를 지나치다 다시 후진, 신호음을 길게 늘어
뜨려도 기척 없는 그녀 이마에 식은땀이 흐른다 들숨과 날숨
을 반복하면서 차에서 내려 뒤틀린 손으로 앞문을 당겼다 옆
자리에 덩그러니 놓인 손가방, 나는 으드득 이를 갈며 뒷문의
입을 찢었다 안에서 당기고 밖에서 밀기를 수차례, 실타래처
럼 엉켜 있는 한 쌍의 바퀴벌레

사람들은 큰 길의 입을 열고 후레쉬를 터뜨리며 입에 재갈을
물린다 한 여자가 앰뷸런스에 오르자 희미하게 먼동이 터온
다

내일은 오늘과 같은 의미로 맨바닥에 그려지는 삶의 회화

평상경전

파란 대문을 들어서면 마당가 평상이 네 다리로 걸어 나와
온몸을 바람으로 쓸고 닦고
반겨줄 것만 같다 대빗자루에 묻은 시뻘건 홍시 잇몸 위로
마른 감잎 떨어져
겨우내 하고 싶은 말들을 가둘 때
그 반들반들한 몸뚱어리로 심장이 툭, 내려앉도록
홍시를 받아 으깨고 담 너머 아이들
드라큐라 입을 달고 웃게 할 것만 같다

그러나 고향집으로 갈 내가 변했다 가을빛이다
평상은 그 자리에 마음의 정자처럼 자리잡고
하늘을 이고 있지만
사람의 세월이 젊음이 그만 못하다 사지를 땅에 박은
팽나무 평상은 쉼없이 뿌리내려 속으로 푸르고
가슴 뛰지 않겠는가 미물이 영물이 되어가는 동안
하찮게 변해만 가는 나는
오늘도 저 경전 같은 삶에 고개 숙이며 하루를 고쳐살아
푸른 내일을 맞으리 내일을 맞으리 다짐하며
텅 빈 마당을 나서는 것이다

바람꽃

내게도
꽃잎 따다가 문살에 수놓는 밤이 있었다
이슬로 창호지 바르던 가을 밤도
까닭 모를 새 날갯짓 달그림자로 번져
전등 불빛에
다시 꽃으로 환하게 피어나던 그런 날도

지금은 자꾸
길게 누워 버린 해 그림자
노랗게 물든 가슴에 살짝 엉길 때
주름 깊은 먼 할미가 찾아와
큰손자 굶을까 봐
딸네집 가듯 쌀자루 이고 기어이 사립을 나서는
그런 꿈을 꽃처럼 피우는데

그 등 뒤로 석양이 붉고
동쪽 하늘이 저토록 파란 것은
내가 갈 길이 아직 멀고 깊다는 것일까

오늘은 나, 라는 꽃에 바람도 울고 가겠다

이현명

- 1989년 『월간문학』 등단
- 다큐멘터리 영화 제작 감독(대상, 장려상 수상)
- 시집 《혼불》 《커텐 사이로》 외 동인집 다수, 동인 수필집 다수
- 이화대학교문인협회 이사. 한국문인협회 · 한국시인협회 · 국제PEN클럽 한국본부 회원

강물아

두근거리는 가슴으로
왜 여기 왔나 몰라

옛 광나루 터에
어둠은 내리고
흐르던 강물 멈춰서는데

다리 아래
줄지은 수은등
그 불빛 밤새 떨며

낯선 칼로 물살을 베는 이 밤
어쩌나
막힌 가슴 견딜 수 없어…

하지만 무슨 말을 해 주겠니
제 갈 길도 모르면서
서둘러만 가는 강물아

그래도 난 기다리겠어
내 어혈 뚫어줄 이 만날
그때까지

새

창유리
저 너머
눈물 가득한 안개
까만 새 하나 날아간다

그가 스쳐 날아간 창 밖
안개 헤집으며
햇살 몇 줄 들어와
이승을 비추고

머언 구름이
어느새 나를 덮는다
빈 창은 그대로
나도 그 자리에 그대로 있다

꽃꽂이

그가 두고 간 백자 항아리에
마른 꽈리와 갈대를 꽂다가
쓸쓸함
그 깊이를 재고 싶어
투명한 긴 지로 내가 꽂힌다

자동판매기

수직으로 선
각이 진 판매 상자
단추만한 구멍에 동정 한 잎 대신
고인 눈물 넣는다

가슴 내려앉는 소리
떨어지는 냉각된 깡통은
밀려난 넋처럼
상자 밖으로 굴러나온다

괜스레
굳어오는 목젖……

때문에
아직은 살아남아야 할
지극한 이유들이
수런거리는 거품으로
입 안 가득히 들끓는다

임보선

- 1991년 『월간문학』 등단
- 한국문인협회 · 한국시인협회 회원, 국제펜클럽한국본부 이사, 한국예술가곡연합회 이사, 미래시 동인, 시문회 회원
- 시집《내 사랑 350℃》《솔개여 나의 솔개여》《청소년을 위한 사랑시 모음》외 다수
- 제18대 시문회 회장 역임
- 1983년 서울특별시장상, 제29회 동포문학상, 대한민국 최고기록 인증상, 대한민국 인물대상(경제부문) 수상
- 現. 우신히트텍 회장(세계 최초 발명특허품)
- 주소 : 서울 중구 퇴계로 362
- 핸드폰 : 010-6565-8358

소금꽃

햇빛이 좋았다
바람도 좋았다
참고 또 참았던 세월
먼 기다림도 좋았다

이렇게
준비하도록 도와준
하늘이 더 좋았다
그래서
그 하늘을 감동시켰다

살아가는 것도
살아지는 것도

가슴 속
밀물이 왔다가
썰물이 왔다가
끝없는 몸부림은 흰 거품

가라앉은
태산 같던 바위

씹으며, 삼키며,
울부짖으며
할퀴고 간
거대한 소금밭에

어느 날 신새벽
아무도 모르게
가만히 와 보니
짭쪼롬한 땀으로
소금꽃이 피더라

감자꽃

감자꽃은
유월을 안고 왔다
고개고개 넘어온
한 생애가 피었을까

숨결도 멈추고
발길도 멈추고
하늘에서 내려준
은하수 꽃밭이다

슬프도록 흰빛 감자꽃이
산모퉁이 외딴 곳까지
칠월 백중 흰 연등처럼
산밭을 밝혔다.

6월 장미가 피면

- 6. 25를 생각하며

해마다 6월이 오면
장미는 말없이 피고 있다
그날의 비극 장미 가시여!
우리 조국의 산하를 온통 찔러댄다

피보다 더 진한 젊음들이
비바람에 못다 핀 채 져 버린
장미 꽃잎처럼 뚝뚝 떨어져

가슴에 가슴에
흥건히 젖어 누워 있다
6월을 향한 절절한 향수
장미뿐이랴,

찢겨진 내 혈육
장미보다 피보다 더 붉은
이 슬픔 이 분노
죽어도 삭이지 못하는데
장미는 올해도 말없이 피고 있다.

사랑을 위하여

흰 눈 자욱이 내리는 날
차마 못 견디게 그리워
하염없이 눈 속을 걸어간다

온 세상은 흰 눈으로 뒤덮여
알 수 없는 세월 저편
순백의 변치 않을 사랑을 찾아
산짐승도 모르는 오지마을 끝까지

덧없이 흘러간
세월의 꽃송이를 주우려
칼바람 눈바람 등에 업고
그칠 줄 모르는 그리움 눈 속으로
폭설을 마다않고 떠나간다

가다가 길 막히면
눈사람 되어
설국에서 살리라
사랑을 위하여
사랑을 위하여.

임화지

- 경북 포항 출생
- 2015년 『월간문학』 신인상 수상 등단
- 1969~1982년 간호사와 교사로 재직

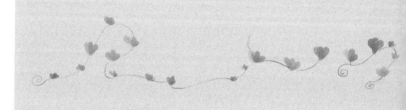

_ 바람을 나누어 먹다

_ 그 녀석의 눈 속에는 늘 바다가 있다

_ 수중발레

_ 오솔길

바람을 나누어 먹다

제주에 가면
가지런히 쌓은 돌담을 만난다

"쉥" 하고 태풍이 지나가도
끄떡없는 돌담
자세히 보면
잘 생긴 큰 네모 돌 사이로
작고 모난 돌들이
알알이 박혀 있다

내 아들 같은 작은 돌
안쓰럽게 느껴져
"왜 모퉁이 돌에 끼어서 생고생이냐고…"
우리가 큰 돌의 어깨와 다리를
잡아주지 않으면 쓰러지고 말죠
그리고 또 큰 바람을 작은 바람으로
쪼개는 데는 아주 이골이 났답니다
그래서 우리는 바람도 유채향도 나누어 먹어요
참 어제는 달빛 한 조각도 나누어 먹었답니다

그새, 나도

바람을 쪼개어 먹으며
언덕을 내려오고 있네

그 녀석의 눈 속에는 늘 바다가 있다

어리석고 큰 눈 속에는 늘 바다가 들어와 출렁거렸다
워낭이 딸랑거릴 때마다
파란 슬픔이 안개처럼 피어올랐다

동해바다가 한눈에 펼쳐지는
외삼촌댁에 갔을 때 나의 첫인사
"이런 기막힌 조망에 왜 외양간을 지었어요"
"바다가 뭐가 그리 좋다고…" 하며 말끝을 흐리는
얼굴 위로 저승사자 같은 검은 미소가 스쳐갔다

몇 대를 이어 온 가계보
태풍이 불어오는 날이면
환청에 시달려 눕기까지 했던 엄마
후~유 긴 한숨 끝에
"참 많이도 잡아 잡수셨네"
뇌리에 꽂히는
퍼즐의 한 조각을 찾는 순간
바다에 대한 나의 낭만을
깡그리 불태워 버렸다

평생 바위 같은 트라우마를

가슴에 안고 살았던 삼촌
그해 겨울
바다가 보이지 않는 산비알에
작은 바위로 묻혔다

수중발레

물 위에 쪽박 귀 한 쌍을 띄워 올려
천상의 소리 다 모아들인다
놀라운 집중력으로 그녀를 불러낸다

뮤즈
그 입술로 그려내는 생황
제우스의 숨소리 거칠게 뱉어내어
용수철 같은 인어들의 욕정을 누르며
그녀의 신들과 지상의 인어들이 어우러져
벌리는 흥건한 카니발이다

죽음 같은 곡선으로 환희를 빚고 빚는다
그녀들은 무희들의 목울대를
사정없이 꺾어 음표를 만들고
천상의 소리를 다 꿰어내어
환상의 시를 엮었다

오! 시의 신이여

오솔길

내 살 속에
오솔길 나 있다

비바람 거세게 불어오는 밤
외로움 하나
비에 젖어 떨고 있을 때
고통을 견디어 낸 힘줄
나에게 길을 내어주고 있다

조용히 거닌다는 건
영혼의 잡티를
떨어내는 일

내 온몸이
오솔길 되어 버린다

장 렬

- 1979년 『시문학』천료
- 제 39회 『월간문학』 신인상
- 시집 《아침이슬로 내리는 꽃》
     《시간을 비우는 잔을 들고》 등

_ 안부
_ 어떤 유혹
_ 오늘은
_ 참 궁금하네요

안부

세월 가면
다 허물어지고 사라진다 하지만

더러는
살아남는 것도 있습니다.

어쩌면
아주 작은 그리움의 부스러기이거나

혹은
타다 남은 기다림의 흔적입니다.

지금은
어디 계시나요.
저는 여직
그 강촌에 살고 있습니다.

어떤 유혹

강변 둔덕에 핀 낯선 노오란 꽃 몇 송이
밤과 낮 사이 떠돌던 꽃구름이듯
가을 날 낮달로 떠서 몸 끝을 흔드는데

한 뼘 앞도 분명하지 않고
숨도 쉴 수 없는 팍팍한 세상
산다는 것보다 두려운 것도 없는데

            ─날 좀 어떻게 해 줘요
            살고 싶어 죽겠어요.

뜨끈한 몸짓으로 울고 있는 밑이 환한 꽃
꽃 속에 힘껏 목을 박고
죽으며 살아온 시간들을 쏟아볼까 하는데.

오늘은

오늘은
살얼음도 풀려
강가에 파릇한 풀 향기 쏠쏠하고

자고 여린 햇살이
금빛 물을 튕기며
자박자박 강기슭을 돌아
돌다리를 건너오고,

하얀 구름 꽃 한 송이
울타리 안을 기웃거리며
배시시 웃고 서 있다.

그 웃음의 너울 끝자락
언뜻 보이는 환한 그림자.

오늘은
종일 꿈속이고,

천천 년을 살아도
만날 수 없는 기다림이듯

오늘은
기다림이듯 서 있다.

참 궁금하네요

살다 살다
기분 좋은 날

앞 단추 다 열고
차 한 잔 하지더니

봄 햇살 화안하고
꽃바람도 상큼한데

오고 가는 시간의 집
창문도 아니 열고

뜰 나무 잎새도 잔잔하고
개울 물소리도 잠잠하고

숨이나 제대로 쉬고 사는지
참 궁금하네요.

정 성 수 丁成秀

- 서울 출생
- 경희대 국문학과 졸업, 동 대학원 수료
- 1960년 『탑』, 1965년 『시문학』, 1979년 『월간 문학』 신인작품상 등으로 작품활동
- 중 3때 낸 시집 《개척자》를 비롯 《사람의 향내》《세상에서 가장 짧은 시》《누드 크로키》《기호 여러분》《우주새》 등 12권
- 제1회 한국문학백년상(한국문인협회), 제7회 앨트웰PEN문학상(국제PEN한국본부) 등 수상
- 현재) 한국문인협회 시분과 회장
- 이메일 : chungpoet@naver.com
- 12518, 경기도 양평군 용문면 월성1길 43

_체포
_사랑노래
_나비
_쓸쓸

체포

나는 너를
너는 나를

우리는 함께 체포됐다

사랑노래

수리되지 않는 사표

나비

저 우주보다 가벼운
아주 작은 새

쓸쓸

의사 컴퓨터 속
처방전이 보이지 않는 병

정재희

- 1944년 서울 출생
- 1983년 『월간문학』으로 등단
- 한국문인협회 회원
- 국제PEN클럽 한국본부 회원
- 수원문인협회 회원
- 시집 《생각벗기》 《춤추는 나무》 《바람의 노래》
  《세상 밖으로 날아가는 새들》

나그네

내가 나를 몰라 쩔쩔매고 있을 때
어디서 매미소리 귀뚜라미소리 들려와
풀숲에 숨어 듣고 있었지

가야 할 곳도 가고 싶은 곳도 몰라
산 너머 어디선가 나무들 바람에 흔들리는 소리
이름 모를 새소리 귀 기울이며

여기가 어디인지 물어 보고 싶지만
하늘엔 별들만 반짝이고

물어도 물어볼 곳도 없는
막막함만
온통 아침으로 가고 있었어

하루

시가 되지 못한 하루
내가 되지 못한 시를 끌어안고
대답 없는 그런 날

낙엽

깊어가는 계절
아직도 잎 떨궈 이별 연습
나는 어디에도 없고
불침번의 시간만 쏜살같이 사라져
서성이는 저 멀리 구름 밖 먼 산
바람은 고된 여정
묻고 있는데
대답 없는 늙은 세월

강가에서

매일 강가에서
낚시 드리우고
건져올리는 푸른 물결
멈출 줄 모르는 흐름 속
돌아볼 자리 하나
말없어 더 귀밝은 소리
저마다 징검다리 건너는
어설픈 몸짓만 그림자로 풀어놓고
기약없이 시절만 낚고 있구나

정 형 택

- 『월간문학』 등단
- 한국문인협회 이사. 전, 영광문화원장. 전라남
  도문협 회장 역임
- 시집 《쥠. 쥠. 곤지. 곤지. 눈물이 납니다》 외
- 2011 대한민국 신지식경영 문화인 부분 대상
  외 다수.

기다림

― 2015. 비에게

기다림에 지쳐
타버린 강바닥에선
폴폴 먼지가 날립니다

앞 냇가 몇 마리 남지 않았던
피라미들 돌틈에 누워
화석이 된 지 오래입니다

온다 온다 해싸면 기어이 오시던 당신
내린다 내린다 해싸니
더 애가 탑니다

지금도 시들시들 죽어가는
파아란 생명들에게
한 줄기 희망으로 내려오시면
들녘에선 덩실덩실
부활의 바람이 불 것입니다

강가에선 피라미떼들 환호의 사열이라도 하듯
한없이 한없이 헤엄쳐 오를 것입니다

그날이 언제일지 몰라도
울분에 지친 논밭들이
바둑판으로 일어서야 되겠습니까
꼭 꼭 굵디 굵은 걸음으로 달려와 주소서
달려와 주소서

아내는 우리 집의 바다였다

바다가 보이는 카페에 갔다
바다 보이는 쪽에
아내의 자리를 권했다
아내는 극구 사양하더니
오히려 나를 앉게 만들었다

아내의 양보와 배려에 밀려
앉은 자리에서
아내와 바다를 함께
바라볼 수 있는 이 기쁨

창 너머 바다를 보고 있으면
아내는 바다 위에 섬처럼 떠 있다
지나가는 배에 바다 출렁거리면
내게 가까워지는 섬이 된 아내는 그때마다 나에게
당신이 나의 바다가 아니냐고 했다

종교나 철학보다도 더 깊은 말 한 마디에
잔잔한 바다는 일제히 일어서서
스크럼을 짜고
아내의 등 뒤로 밀려 왔다

그리고는 집채도 넘길 만한 힘을 주더니
다시 제자리로 물러서는 게 아닌가

그 때 바다가 된 것은
내가 아니고 아내였다
정말 아내는 흔들리지 않는
나의 바다였다
아니, 우리 집의 영원한 바다였다.

모악리 연가 · 1
- 갑자기 부자가 되었다

갑자기 부자가 되었다.

바람이 남아돌아
하릴없어 선풍기를 돌리고 있고
이사했다니까 영문도 모른 서울의 딸아이가
공기청정기를 사보냈다.

그 청정기가 제 놓일 자리가 없어
무안해 하고
작년 여름 아파트에서
쌕쌕거리던 에어컨은
올해 가슴 열 일 없어 부동의 자세로
외려 놀러나온 바람이나 마시고 있다.

문만 열기를 기다리는 나비, 잠자리, 방아깨비, 여치
청개구리까지도 유리문에 붙어서
내 펜끝만 훔치고 있다.

서울 대치동에서 수억대짜리
빌라를 사는 고향 친구가 나더러
부자라고 했으니

나는 부자가 아닐 수 없다.

도시에서 20여 년을 살면서
한 번도 못 듣던 '부자' 소리
여기 와서는
쉬이 들을 수 있는 말이다.

부자가 되었는데도
웬지 목에 힘이 가지를 않는다
바람이 공기가 그렇게 만들지를
않는 모양이다.

집짓기

비바람에 까치집 무너진 거 봤느냐
눈보라에 까치들 얼어죽는 거 봤느냐
주섬주섬 버려진 삭정이들
그럭저럭 맞춘 거 같지만
지극정성 함께 모이 천년의 집을 짓거든
인간들은 속보이는 양심을 놓을 때
까치들은 천년의 세월을 놓거든

조명선

- 경북 영천 출생.
- 1993년 제69회 『월간문학』 신인작품상 당선 데뷔
- 대구시조문학상 수상. 한국시조시인협회 회원
- 대구시조시인협회 부회장. 시조집 《하얀 몸살》 발간
- 현재) 대구문인협회 시조분과장. 대구광역시 동부교육지원청 재직

줄 세우기

1.

사람 위에 사람 밑에 사람 없단 황홀한 거짓
장례식장 조화도 줄 세우는 자리매김
차라리 그래도 괜찮다 밟고 오르라 일러줄 걸

2.

입김 따라 흔들리는 못난 풍경 되느니
층계마다 시간마다 때맞춰 피어나는
흑싸리 쭉정이도 좋다 서두르지 않는 광장에선

3.

상처 위에 밀고 당기느라 등 떠밀지 말라고
고개 숙인 탓하며 떨어지지 않는 저 촛농
희망의 촛불을 보라 너를 사랑한다 바로 지금

세치혀

혀 빼물고 질주하다
왕십리에서
마라도까지

을러대는
붉은 저것
입 속으로 털어 넣는다

광기로
메아리쳐 온
거침없는
저, 근육질

악수

알고 있다
끄떡없다
걱정 마라
수고해라

정담 없이 내미는 손바닥의 관계라니,

순간의 기막힌 합방
잠시, 눈이 환하다

고인돌

먼 시간의 흔적은 선 채로 돌이 되어
꿈틀꿈틀 숨 쉴 때마다 등뼈 곧추세우고
바람은
목젖을 떨며
신의 멱살 흔든다.

그쯤에서 당신의 땅 깊이깊이 새기며
거대한 욕망으로 일어나는 근질거림
허공에
한 획을 긋는
절정으로 몰아친다.

부활을 꿈꾸며 출구 찾아 떠나는
그리하여, 오랜 믿음 캄캄하게 빛나고

뜨
겁
다

각주를 달고
경전 채울 그 일이

채 수 영

1962년 시조(이태극. 동아) 1978년 『월간문학』
시. 1884년 『예술계』 평론 등단.
동국대 국문과. 경기대(문학박사). 신한대 문창과
교수 역임
한국문학비평가협회 회장. 고문. 전국대학문예
창작학회장 역임
채수영전집. 1~20권(국학자료원)
시집《광인의 콘서트》《달과 부처님》《허전묵시
록》《바람의 비망록》외 26권
비평집《시의 이미지 구축술》《상상력의 각서》
외 24권
수필집《정서학사전》외 6권
poetchae@daum.net / Tel. 010-3715-9792
17407. 경기도 이천시 모가면 진상미로 1589번
길-57호. 문사원

_ 사랑은 이유도 없네
_ 시랑에 물이 들고 싶다
_ 내 그대에게 드릴 것은
_ 사랑, 그뿐인 것을

사랑은 이유도 없네

술이 마시고 싶다 떠난
사람들을 불러 세상살이
이해 불가의 일이 어디
한 둘이 아닌 그냥 접어
마주앉이 술이 마시고 싶나
초대장을 써서
풍편에 보내면 그대
대답을 보내려나 하면
아파서 떠도는 그림자의
어스름 이제 나는
사랑을 말하는 슬픔에
이유 없어 강이 되는
사연을 결코 말할 수 없어
무작정 서 있느니 무작정
흐를 뿐이어니

시랑에 물이 들고 싶다

어린 색깔 노랑물이
들고 싶을까 아니면
마음 푸른 이름
호수가 되는 하늘 담긴
파랑물에 가슴도 젖어
이유 없는 노래에 무슨
이유가 있다던가
좋아라 오히려 슬픈
사랑은 항상 그리움인데
나는 무작정 그대의 물이
들고 싶은 오늘은
갈증 넓어 마시는 소망은
당신의 뜻이오니 이제 접어
흐르는 강물 같은 소리에
가슴 열어 주소서 하여
갈증을 식혀 주소서

내 그대에게 드릴 것은

아무 것도 없네 그대에게
드릴 것 오로지 순백의 표정
날리는 바람에 중심을 잡고
안타까움 서성이는 골목이라
낯설음도 따라오는 때로 외로움도
그늘에 가린 숨어진 키
그대를 위한 마음이 앞장서
길을 가겠다고 주장하는
이젠 늙어 뒤로 물러나는
사연 없음도 한 가지 사연인 것을
외오려 가슴에 묻어 있는 붉은
사랑을 주장하는 우리는
말이 없어도 말이 되는
그리움의 언덕을 넘어온
그대와 나의 이력이 다만
조용한 표정 그것에 묻은
먼 날의 기억입니다 다시
기억이 되는 까닭입니다

사랑, 그뿐인 것을

숨죽이는 이유를 묻지 마시라
길 건너오는 표정을 간직하는
우리는 다만 서로가 만나
무언가를 남기고 사라지는
바람 같은 흔적에 숨겨둔 기억
인연의 이름에 그대의 영혼을
숨겨두는 탓도 멀리 길을 가는
다만 꿈길을 만들기 위한
사랑 그뿐이오니 눈을 감고
지나온 길의 표정을 지금은
간직하는 하나뿐인 이름 다시
사랑이 옵니다 그리움도
끼겠답니다

허 형 만 許炯萬

1945년 전남 순천 출생.
1973년 『월간문학』으로 작품 활동 시작.
시집으로《영혼의 눈》《불타는 얼음》《가벼운 빗
방울》 등 15권과 일본어시집《耳を葬る》(2014),
중국어시집《許炯万詩賞析》(2003). 활판시선집
《그늘》(2012)이 있음. 영국 IBC 인명사전 등재.
고등학교 문학교과서에 시〈녹을 닦으며〉 수록.
한국예술상, 펜문학상, 한국시인협회상. 영랑시
문학상, 인산문학상 등 수상.
현재 목포대학교 명예교수.
hhmpoet@hanmail.net / Tel. 010-7558-0600
10294. 경기도 고양시 덕양구 호국로 859(성사
동) 대림e편한세상아파트 115동 701호.

뒷굽

구두 뒷굽이 닳아 그믐달처럼 한쪽으로 기울어졌다
수선집 주인이 뒷굽을 뜯어내며
참 오래도 신으셨네요 하는 말이
참 오래도 사시네요 하는 말로 들렸다가
참 오래도 기울어지셨네요 하는 말로 바뀌어 들렸다
수선집 주인이 좌빨이네요 할까 봐 겁났고
우빨이네요 할까 봐 더 겁났다
구두 뒷굽을 새로 갈 때마다 나는
돌고 도는 지구의 모퉁이만 밟고 살아가는 게 아닌지
순수의 영혼이 한쪽으로만 쏠리고 있는 건 아닌지
한사코 한쪽으로만 비스듬히 닳아 기울어가는
그 이유가 그지없이 궁금했다

영혼의 눈

이태리 맹인가수의 노래를 듣는다. 눈먼 가수는 소리로 느티나무 속잎 틔우는 봄비를 보고 미세하게 가라앉는 꽃그늘도 본다. 바람 가는 길을 느리게 따라가거나 푸른 별들이 쉬어가는 샘가에서 생의 긴 그림자를 내려놓기도 한다. 그의 소리는 우주의 흙 냄새와 물 냄새를 뿜어낸다. 은방울꽃 하얀 종을 울린다. 붉은점모시나비 기린초 꿀을 빨게 한다. 금강소나무 껍질을 더욱 붉게 한다. 아찔하다. 영혼의 눈으로 밝음을 이기는 힘! 저 반짝이는 눈망울 앞에 소리 앞에 나는 도저히 눈을 뜰 수가 없다.

겨울 들판을 거닐며

가까이 다가서기 전에는
아무것도 가진 것 없어 보이는
아무것도 피울 수 없는 것처럼 보이는
겨울 들판을 거닐며
매운 바람 끝자락도 낯을 만치 맞으면
오히려 더욱 따사로움을 알았다
듬성듬성 아직은 덜 녹은 눈발이
땅의 품안으로 녹아들기를 꿈꾸며 뒤척이고
논두렁 밭두렁 사이사이
초록빛 싱싱한 키 작은 들풀 또한 고만고만 모여 앉아
저만치 밀려오는 햇살을 기다리고 있었다
신발 아래 질척거리며 달라붙는
흙의 무게가 삶의 무게만큼 힘겨웠지만
여기서만은 우리가 알고 있는
아픔이란 아픔은 모두 편히 쉬고 있음도 알았다
겨울 들판을 거닐며
겨울 들판이나 사람이나
가까이 다가서지도 않으면서
아무것도 가진 것 없을 거라고
아무것도 키울 수 없을 거라고
함부로 말하지 않기로 했다

석양

바닷가 횟집 유리창 너머
하루의 노동을 마친 태양이
키 작은 소나무 가지에
걸터앉아 잠시 쉬고 있다
그 모습을 본 한 사람이
"솔광이다!"
큰 소리를 지르는 바람에
좌중은 박장대소가 터졌다

더는 늙지 말자고
"이대로!"를 외치며 부딪치는
술잔 몇 순배 돈 후
다시 쳐다본 그 자리
키 작은 소나무도 벌겋게 취해 있었다
바닷물도 눈자위가 볼그족족했다

녹을 닦으며

- 공초供草·14

새로이 이사를 와서
형편없이 더럽게 슬어 있는
흑갈빛 대문의 녹을 닦으며
내 지나온 생애에는
얼마나 지독한 녹이 슬어 있을지
부끄럽고 죄스러워 손이 아린 줄 몰랐다
나는, 대문의 녹을 닦으며
내 깊고 어두운 생명 저 편을 보았다
비늘처럼 총총히 돋혀 있는
회한의 슬픈 역사 그것은 바다 위에서
혼신의 힘으로 일어서는 빗방울
그리 살아온
마흔 세 해 수많은 불면의 촉수가
노을 앞에서 바람 앞에서
철없이 울먹였던 뽀오얀 사랑까지
바로 내 영혼 깊숙이
칙칙하게 녹이 되어 슬어 있음을 보고
손가락이 부르트도록
온몸으로 온몸으로 문지르고 있었다

미래시시인회(동인회) 연혁

1981. 12. 30   미래시 동인회 창립 발기인 모임(월간문학 신인상 시 및 시조 당선자로 구성). 창립회원 : 채수영, 김우영, 최순렬, 이경윤, 구영주, 채희문, 윤성근, 박영우, 박진숙, 진병주, 정성수 등 11명). 임원구성―대표간사 : 채수영, 총무 : 정성수

1982. 05. 01   미래시 창간호 발행(회원 30명의 시, 76편 수록)

1982. 05. 22   제1회 미래시 시인교실(문학강연 및 시낭송) 개최(한글학회 회관 강당. 초대시인 : 조병화, '문학과의 해후', 동인 15명 참가)―미래시 1집 발행기념

1982. 09. 18   제2회 미래시 시인교실 개최(여성문예원 강당. 초대시인 : 장호, '청각으로서의 시어', 동인 15명 참가)

1982. 10. 23   제3회 미래시 시인교실 개최(한글회관 강당. 동인 13명 참가)

1982. 11. 01   미래시 2집 발행(회원 32명 중 23명 참여. 이경윤 동인 추모특집 10편 수록)

1982. 11. 13   제4회 미래시 시인교실 개최(한글회관 강당. 응시 동인 3인 찬조출연, 동인 14명 참가)

1982. 12. 11   제5회 미래시 시인교실 개최(여성문예원, 초대시인 : 황명, '1980년대 동인지의 특성', 동인 11명 참가)

1983. 01. 08   제6회 미래시 시인교실 개최, 전주나들이 시낭송회 개최(전주 루브르 커피숍. 초대문인 : 성춘복, 오학영, 최승범. 전주시인 7명, 승려시인 5명, 동인 9명 참가)

1983. 03. 26　제7회 미래시 시인교실 개최(서울 종로 타임커피
　　　　　　숍. 동인 11명 참가)

1983. 04. 23　제8회 미래시 시인교실 개최, 춘천나들이 시낭송
　　　　　　회 개최(초대시인 : 황금찬, 성춘복, 김혜숙. 춘천
　　　　　　시인 2명, 동인 11명 참가)

1983. 05. 01　미래시 3집 발행(회원 38명중 28명 참여)

1983. 05. 06　제9회 미래시 시인교실 개최(종로 타임커피숍. 초
　　　　　　대시인 : 조병화, 성춘복, 허영자, 이청화. 동인 9명
　　　　　　참가)—미래시 3집 발행기념

1983. 05. 21　제10회 미래시 시인교실, 부산나들이 시낭송회 개
　　　　　　최(부산가톨릭센터. 초대문인 : 이형기, 김용태, 성
　　　　　　춘복, 김후란. 부산 각 동인회 찬조출연 : 시와 자
　　　　　　유, 열린시, 탈, 목마, 절대시 등. 동인 17명 참가)

1983. 06. 10　제11회 미래시 시인교실 개최(타임커피숍. 초대시
　　　　　　인 : 박양균. 동인 12명 참가)

1983. 06. 10~07. 07　제1회 미래시 시화전 개최(타임커피숍. 동
　　　　　　인 15명 25점 전시)

1983. 07. 08　제12회 미래시 시인교실 개최(타임커피숍. 초대시
　　　　　　인 : 김윤성 '현대시란 무엇인가?', 응시동인 초청
　　　　　　4명. 동인 8명 참가)

1983. 08. 12　제13회 미래시 시인교실 개최(타임커피숍. 초대강
　　　　　　연 : 홍윤숙 '시를 통한 자기구원', 초대시인 : 박재
　　　　　　삼, 동인 9명 참가. 시낭송 노트 '나의 시작 습관')

1983. 09. 09　제14회 미래시 시인교실 개최(타임커피숍. 진단시
　　　　　　동인 초청 5명. 동인 6명 참가)

1983. 10. 07　제15회 미래시 시인교실 개최(타임커피숍. 초대시

인 : 윤재걸, 마광수, 장석주, 박남철. 동인 7명 참
가, 시작노트 '시와 사랑')

1983. 11. 01 미래시 4집 발행(회원 39명 중 23명 참여)

1983. 11. 12 제16회 미래시 시인교실 개최, 대구나들이 시낭송
회 개최(대구ECA학원 강당. 초대강연 : 황명 '1980
년대의 시의 위상' , 대구문인 찬조 출연 16명, 동인
18명 참가, 시낭송 노트 '시인의 직관')—미래시 4
집 발행기념

1983. 12. 28 제17회 미래시 시인교실 개최(타임커피숍. 초청강
연 : 조병화. 동인 28명 참가)

1984. 01. 04 정기총회. 임원개선(회장 정성수)

1984. 01. 27 제18회 미래시 시인교실 개최(타임커피숍. 초대시인
: 황금찬. 동인 17명 참가, 시낭송 노트 '시인과 정')

1984. 02. 11 제19회 미래시 시인교실 개최, 수원나들이 시낭송
회 개최(수원 공간사랑. 수원시인 4명 찬조 출연.
동인 18명 참가)

1984. 02. 24 제20회 미래시 시인교실 개최(타임커피숍. 동인 14
명 참가, 시낭송 노트 '시인과 체험')

1984. 03. 30 제21회 미래시 시인교실 개최(타임커피숍. 동인 14
명 참가, 시낭송 노트 '시인과 사회')

1984. 03. 31 제22회 미래시 시인교실 개최, 대전나들이 시낭송
회 개최(대전 뮤우즈다실. 초대문인 : 황명, 한성
기, 성춘복, 오학영, 안영진. 대전초대문인 14명, 동
인 16명 참가)

1984. 04. 27 제23회 미래시 시인교실 개최(타임커피숍. 초대시
인 : 황명. 동인 15명 참가, 시낭송 노트 '시인과 술')

1984. 05. 05 미래시 5집 발행(회원 45명 중 25명 참여)

1984. 05. 25 제24회 미래시 시인교실 개최(타임커피숍. 초대문
인 : 조경희 수필가(예총 회장), '시와 수필', 동인
20명 참가. 시낭송 노트 '시인이 사는 사회')—미
래시 5집 발행기념

1984. 06. 29 제25회 미래시 시인교실 개최(타임커피숍. 초대문
인 : 소설가 김동리(문협 이사장, '작가와 시인'. 동
인 21명 참가, 시낭송 노트 '시인과 죽음)

1984. 09. 25 미래시 6집 발행(회원 47명 중 36명 참여)

1984. 09. 28 제16회 미래시 시인교실 개최(타임커피숍. 초대시
인 : 성춘복. 동인 19명 참가, 시낭송 노트 '시인과
사랑')—미래시 6집 발행기념

1985. 02~ 미래시 낭송회는 매월 계속됨으로 간혹 기재 생략함

1985. 06. 30 미래시 7집《시의 불, 시인과 칼》발행(회원 33명 참
여. 초대시 : 조병화, 성춘복, 박재삼, 오탁번 시인)

1985. 08. 09 미래시 경주나들이 시낭송회 개최(경주 소극장. 초
대시인 : 조병화, 황명, 성춘복, 신세훈 등. 대구 ·
경주 문인 동참. 동인 22명 참가)

1985. 09. 01 미래시시선집《새벽은 새를 부른다》발행

1985. 12. 30 미래시 8집《상징과 은유》발행(회원 40명 참여. 초
대시 : 황금찬, 박태진, 김후란, 김혜숙 시인)

1986. 01. 04 정기총회. 임원개선(회장 김남환)

1986. 09. 01 미래시 9집《공간과 시간》발행(회원 33명 참여. 초
대시 : 김경린, 전봉건, 정벽봉, 홍윤기, 이경희 시인)

1986. 12. 15 제41회 미래시 낭송의 밤 개최

1986. 12. 30 미래시 10집《존재와 언어》발행(회원 36명 참여.

초대시 : 유경환, 김영태, 오학영, 강계순, 이향아 시인)

1987. 04. 18 미래시 오산 봄나들이 시낭송회 개최(조병화 선생 생가 편운재에서 많은 문인 동참으로 성황을 이룸)

1987. 05. 09 미래시 대구 나들이 시낭송회 개최(동대구관광호텔 소강당. 문협심포지움에 참가 다수의 문인 동참)

1987. 07. 20 미래시 11집《우리 시대 미래의 시》발행(회원 49명 참여. 초대시 : 김여정, 서벌 시인)

1988. 01. 04 정기총회. 임원개선(회장 이영춘)

1988. 02. 05 미래시 동인 데뷔시집『월간문학 신인작품상 당선시』발행(도서출판 모모. 회원 55명 참여)

1988. 08. 31 미래시 12집 발행(회원 48명 참여)

1989. 11. 25 미래시 13집 발행(회원 31명 참여)

1990. 01. 04 정기총회. 임원개선(회장 허형만). 신입회원은 80년대 말로 마감. 정리의 의미에서 특집 없이 시작품만 수록. 미래시 동인회를 미래시시인회로 개칭하기로 함

1990. 05. 20 미래시 14집 발행(회원 57명 참여, 특집 '나의 체험론')

1991. 05. 20(?) 미래시 목포나들이 시낭송회 개최(목포문인들과 합동으로)

1991. 09. 25 미래시 15집《미래는 준비되어 있다》발행(회원 98명 중 37명 참여)

1992. 01. 04 정기총회. 임원개선(회장 구영주). 신입회원 가입제한 해제

1992. 06. 01 미래시 동인 수필집《시인의 사랑, 시인의 이별》

발행(글세계)

1992. 06. 15(?)　제66회 미래시 시인교실 개최(성남문협과 합동
　　　　　　　　으로 성남에서)

1992. 11. 25　미래시 16집 《흘러간 과거와 꿈꾸는 미래의 판화》
　　　　　　　　발행(회원 37명 참여)

1993. 03. 27　제68회 미래시 낭송회 개최(한영, 경서미술학원.
　　　　　　　　동인 19명 참가)

1993. 06. 05　제69회 부산나들이 시낭송회 개최(부산일보 소강
　　　　　　　　당. 초대시인 : 성춘복. 부산 시인들과 합동으로 동
　　　　　　　　인 22명 참가)

1993. 12. 06　미래시 17집 《손 끝에 묻어나는 바람같이》 발행(회
　　　　　　　　원 30명 참여)

1994. 01. 04　정기총회. 임원개선(회장 양은순, 총무 김재황, 김
　　　　　　　　영은). 등단 순서에 의한 선임에서 선출로 회칙 개정

1994. 06. 27　미래시 양평나들이 시낭송회 개최(양평산장. 초대
　　　　　　　　문인 : 강민 시인 등 다수. 동인 17명 참가)

1994. 09. 28　미래시 18집 《또 하나의 눈금을 그으며》 발행(회원
　　　　　　　　34명 참여)

1995. 08. 25　미래시 19집 《찻잎 따는 손길》 발행(회원 36명 참
　　　　　　　　여)

1996. 01. 04　정기총회. 임원개선(회장 김영훈)

1996. 05. 04　미래시 강릉나들이 시낭송회 개최(문협 행사 참가
　　　　　　　　자들과 시대시 동인 등 참여. 동인 15명 참가)

1996. 09. 20　미래시 20집 《별이 보이지 않는 날 밤엔》 발행(회
　　　　　　　　원 32명 참여)

1997. 10. 30　미래시 21집 《그대 서 있는 바로 그 자리》 발행(회

원 31명 참여, 명예회원 5명 포함), 이현암 동인 추모시 특집

1998. 01. 04 신년교례회 및 정기총회. 임원개선(회장 김종섭, 부회장 이희자, 총무 김규은)

1998. 05. 14 미래시 부산나들이 시낭송회 개최

1998. 09. 30 미래시 22집《존재의 그늘은 모두 지우고》발행(회원 29명 참여. 초대시 : 조병화, 홍윤숙, 황금찬, 성춘복, 허영자 시인)

1998. 10. 24 제77회 미래시 경주나들이 시낭송회 개최(유림회관. 초대문인 : 성춘복(문협이사장), 이경희, 박명순, 박희영. 경주문인 : 이근식, 장윤익, 임진출, 조동화 외 다수. 동인 21명 참여)

1999. 01. 04 신년교례회 및 정기총회(혜화동 대학로 어느 식당)

1999. 08. 08 제78회 정선나들이 시낭송회 개최(정선. 초대시인 : 성춘복(문협이사장) 외 강원도 시인들과 합동)

1999. 10. 15 미래시 23집《잡은 손의 따스함》발행(회원 31명 참여)

2000. 01. 04 정기총회. 임원개선(회장 장렬)

2000. 11. 15 미래시 24집《소리, 소리들 앞에 서서》발행(회원 34명 중 31명 참여)

2001. 06. 15 미래시 원주나들이 시낭송회 개최(토지문학관. 원주문인들과 합동으로, 동인 23명 참가)

2001. 10. 15 미래시 25집《관계, 달아나기》발행(회원 25명 참여)

2001. 11. 17 미래시 낭송회 개최(운현궁. 초대시인 : 성춘복, 신달자 및 시대시 동인들과 합동. 동인 15명 참가)

2002. 01. 04   정기총회. 임원개선(회장 김정원)

2002. 07. 29   미래시 천안나들이 시낭송회 개최(천안문화원)

2002. 10. 15   미래시 26집《내 꿈의 텃밭》발행(회원 37명 중 31
명 참여)

2003. 05. 17   미래시 김천나들이 시낭송회 개최(김천문협과 합
동. 동인 20명 참가)

2003. 11. 25   미래시 27집《하늘의 위 그 하늘 위》발행(회원 36
명 중 30명 참여. 명예회원 7명 초대시)

2004. 01. 04   정기총회. 임원개선(회장 이상인, 부회장 정재희,
총무 김경실)

2004. 08. 28   미래시 28집《민들레 홀씨 하나》발행(회원 31명
중 29명 참여)

2005. 05. 15   미래시 고창나들이 시낭송회 개최(미당문학관. 고
창문인들과 교류. 동인 15명 참가)

2005. 10. 30   미래시 29집《기억 속의 풍경 하나》발행(회원 29
명 중 25명 참여)

2006. 01. 04   정기총회. 임원개선(회장 정재희, 부회장 오덕교,
총무 김의식)

2006. 04. 25   제89회 미래시 가평나들이 시낭송회 개최(군청 강
당. 한국문협 회장단과 가평문협과 합동. 동인 20
명 참가)

2006. 05. 01   『문학과 의식』미래시 동인 특집

2006. 11. 30   미래시 30집《햇살은 명암을 남기며》발행(회원 39
명 중 36명 참여. 가평문협 특집. 문협으로부터 출
판비 지원 받음)

2007. 03. 01   인터넷 카페 '월간문학 이야기' 운영(운영자 김병

만 회원)

2007. 05. 13　미래시 영천나들이 시낭송회 개최(영천문화원 강
　　　　　　　당. 영천문협과 합동)

2007. 10. 01　『문학저널』 미래시 동인 특집

2007. 10. 30　미래시 사화집 31집 《목신의 숨결》 발행(회원 34명
　　　　　　　중 32명 참여)

2008. 01. 04　정기총회. 임원개선(동숭숯불갈비집. 회장 오덕교,
　　　　　　　부회장 신군자, 총무 한필애)

2008. 05. 10　제91회 미래시 경주나들이 시낭송회 개최(경주 유
　　　　　　　림회관. 초대시인 : 박종해, 이태수, 문인수, 조주
　　　　　　　환, 문무학, 김복연, 곽홍란, 최빈. 경주문협 회원들
　　　　　　　과 합동. 동인 15명 참가)

2008. 12. 30　미래시 사화집 32집 《서 있는 사람들》 발행(회원
　　　　　　　30명 중 21명 참여)

2009. 01. 25　김남환 동인 한국문협 부이사장 당선

2009. 05. 23　제92회 미래시 춘천나들이 시낭송회 개최(춘천문
　　　　　　　협 회원들과 합동. 동인 20명 참가)

2009. 10~2010. 12　회장단 유고로 활동 마비 기간

2011. 01. 04　정상화를 위한 비상총회. 임원 선출(동숭숯불갈비
　　　　　　　집. 회장 김규은, 부회장 김의식, 총무 신옥철)

2011. 01. 25　김종섭 동인 한국문협 부이사장 당선

2011. 06. 13　미래시 강릉나들이 시낭송회 개최(경포대. 동인 15
　　　　　　　명 참가)

2011. 11. 25　미래시 사화집 33집 《씨앗, 부신 착지를 보아라》
　　　　　　　발행(회원 36명 중 30명 참여. 나영자, 노명순 동인
　　　　　　　추모특집)

2011. 12. 16   제100회 미래시 예당나들이 시낭송회 개최(예당고
                등학교 강당. 특강 및 백일장 등)—미래시 33집 발
                행기념

2012. 01. 04   정기총회. 임원보선(총무 진진)

2012. 04. 24~26   제101회 미래시 제주도나들이 시낭송회 개최
                (한라산문학동인회와 합동. 동인 13명 참가. 25일
                신양리 바닷가에서 102회 시낭송회)

2012. 11. 05   미래시 사화집 34집 《풋풋한 그림씨, 어찌씨를 위
                하여》 발행

2012. 11. 23~24   제103회 미래시 인사동 나들이 시낭송회 개
                최(피카소 갤러리. 동인 23명 참가. 초청문인—김
                용오 문협 시분과 회장, 이상문 국제펜 부이사장,
                정정순 불교문학 회장, 시낭송가 손희자, 김미래님
                외 다수)

2013. 01. 04   정기총회. 임원개선(한국예술인센터 중식당. 회장
                김현지, 부회장 김경실, 총무 진진)

2013. 10. 30   미래시 사화집 35집 《나비는 슬프지 않다》 발행

2013. 12. 06~07   제104회 미래시 낙원동 나들이 시낭송회 개
                최(카페 Moon, 동인 15명. 초청문인 24명)

2014. 01. 03   정기총회. 한국예술인센터 중식당

2014. 11   김의식 동인 '대한민국 소비자 대상' 수상

2015. 01. 05   2015년 정기총회(정이가네 식당, 오후 3시)

                • 참석 : 김경실, 김종섭, 김광자, 김정원, 김현숙,
                김의식, 김영훈, 신옥철, 이은재, 이희자, 이현명,
                정재희, 진진, 허형만 등

                • 임원선출 : 제17대 회장—김광자(부산), 부회

장-김현숙(서울), 총무-서영숙(전북), 감사-김
의식(수석), 이은재, 이사-김영은(서울), 임보선
(서울), 김미녀(서울), 진진(제주), 김미윤(마산)

2015. 01. 31   정성수 고문, 한국문협 제26대 시분과 회장 당선

2015. 02. 28   권경식(경남 창원) 신입회원 입회

2015. 03. 13   김광자 회장, 한국문협 제26대 이사 선임

2015. 03. 20   임시총회 개최(정이가네 식당, 오후 3시)

2015. 04. 16   서영숙 총무, 한국문협 무주지부 회장 당선(보궐선
거)

2015. 06. 09   임화지(서울) 신입회원 입회

2015. 09. 18~19   거제도 문학기행(청마생가와 묘소참배, 전시
관 탐방 및 시낭송회)

2015. 09   김광자 회장, 해양문학가협회 부회장 선임

2015. 10. 20   정성수 고문, 《한국시인 출세작》 편저

2015. 11   김광자 회장, 시집 《그리움의 미학》 우수도서 선정
(세종도서)

2015. 11   한국문협 무주지부 사화집 《형천》에 미래시 회원
23명 특집 게재

2015. 12. 20   미래시 제36집 《노을빛이 달려와 뒷목을 적셨네》
발행(작가마을)

2016. 01. 04   2016년 정기총회 개최.
오후 4시 회원 시낭송회.
국제펜 한국본부 손해일 부이사장 및 임병호 부이
사장 축사. 초대시 낭송 : 손해일, 임병호, 위상진,
김호경, 이은별, 조정애, 가영심 시인 등

2016. 01. 11   부산 해운대 동백섬(누리마루) 詩결이 행사 논의

해운대구청 방문

2016. 01. 06~4월까지 『월간문학』 등단 시인(2016년도 월간문학 등단) 미래시시인회에 가입하도록 누차 공문 발송 및 전화

2016. 01. 21 서영숙 총무, 한국문협 무주지부 6대 회장 선임

2016. 01. 28 서영숙 총무, 열린시문학회 9대 회장 선임

2016. 04. 30 미래시시인회 제37호 사화집 원고 발송 공문

2016. 05. 15 김현지 고문《그늘 한 평》시집 발간

2016. 06. 01 2016년 '미래시시인회 동백섬 야외 시걸이 전시' 개최

  • 참여회원 : 권경식, 권분자, 김규은, 김광자, 김만복, 김미윤, 김정원, 김현숙, 김현지, 박찬송, 서영숙, 신옥철, 양은순, 임보선, 임화지, 정성수, 정재희, 조명선, 진진, 채수영, 허형만 등 21명

  • 초대시인 : 손해일, 박상호 포함 15명

2016. 06. 01 시화걸이 설치 및 시화책자 배부

2016. 06. 01~06. 30 시화걸이 감상, 중국 · 일본인 관광객(가이드 해설) 및 한국인 해운대 시민 부산 시민 등 감상(약 15만 명)

2016. 06. 02 시화걸이 개막(커팅) : 김광자 회장, 해운대구 문화관광 과장(이정부), 김현숙 부회장, 서영숙 총무, 양은순 고문, 김현지 고문, 진진(제주) 전 총무, 신옥철 친구들, 일반인 등

  • 초대시인 : 노유정, 최인숙, 김선례, 이영숙, 김희님, 진국자, 한효섭, 전해심, 최인숙, 이영숙, 박상호, 방옥산

• 축사 : 해운대구청 문화관광과 이정부 과장(구청
　　　　장 대리) 및 구청 직원
2016. 06. 30　오후 7시 시화걸이 철수
2016. 08. 03　김광자 회장, 제20회 한국해양문학상 응모, 수상
　　　　　　　(장려상)
2016. 08.　　　임백령, 박태순 시인 가입
2016. 11. 10　사화집 제37집《고향풍경은 커피향의 추억거리》
　　　　　　　발간
2016. 12. 14　김영은 시인 국제펜클럽 펜문학상 수상
2016. 12. 30　2016년도 감사 발기
　　　　　　　2017년도 총회 준비 및 개최
2017. 02. 04　미래시시인회 정기총회(정이가네 식당)
　　　　　　　임원개선(회장 김현숙, 부회장 임보선, 총무 지유
　　　　　　　(이춘숙), 감사 임화지, 박태순)
2017. 04.　　　한국문인협회 완도군에서 행사 정성수 고문, 김광
　　　　　　　자 전회장, 임보선 부회장 등 다수의 회원들 참석
2017. 08. 11~08. 15　경주에서 펜문학 세계한글작가대회(김광
　　　　　　　자 국제펜 한국본부 기획위원장 및 이사) 참가
2017. 08. 30　정성수 고문(한국문인협회 시분과 회장)이《한국
　　　　　　　시인 사랑시》편저 출간
2017. 09. 14~09. 16　평창에서 한 · 중 · 일 시인 축제(허형만,
　　　　　　　김현숙, 김영은 시인 참가)
2017. 09. 20　김광자 시집《침류장편》출간
2017. 09.　　　정형택 시인 불갑사에서 상상화 연작시 전시회
　　　　　　　(2017. 09. 15~9. 24)

미래시시인회 회칙

제1장 총칙

제1조(명칭) 본회는 '미래시시인회' 라 이름한다.

제2조(목적) 본회는 회원 상호간의 친목을 도모하고 문학의 저변 확대를 꾀하며, 보다 의욕적인 작품활동을 목적으로 한다.

제3조(사업) 본회는 제2조의 '목적' 을 위해 다음과 같은 사업을 한다.

    1. 연 1회의 동인 사화집 발간

    2. 시화전 및 시낭송회 등 그 밖의 다양한 문학행사

제2장 회원

제4조(구성 및 가입) 본회 가입자격은 한국문인협회 기관지인 『월간문학』으로 등단한 시인 및 시조시인이어야 하며 본인 이 희망할 경우 임원회의 의결에 의해서 가입할 수 있다.

제5조(회원의 의무) 회원은 다음 각 호를 준수해야 한다.

    1. 회원은 사화집에 대하여 반드시 작품을 발표해야 한다.

    2. 회원은 본회의 취지와 명예를 존중하며 총회에서 정하는 회비를 반드시 납부하여야 한다.

제6조(자격상실) 다음 각 호에 해당할 경우 회원자격을 상실한 다.

    1. 탈퇴를 원할 경우 서면으로 본회에 통보한다.

      (단, 자격상실 1년 경과 후 재가입 원서를 제출하면 총회의

의결에 의해서 재가입할 수 있다.)

2. 본회의 회원으로서 사회에 물의를 야기한다거나 본회의 명예를 손상시킨 자는 임원회의 의결을 거쳐 자격을 상실한다.

3. 2회 이상 회비 및 작품발표에 불응할 경우에도 자격을 상실한다.

제3장 총회

제7조(회의)

1. 회의는 정기총회와 임시총회로 한다.

2. 정기총회는 연 1회에 한하며, 매년 1월에 개최한다.

3. 임시총회는 회원 1/3 이상의 요구가 있을 경우 회장이 소집한다.

제8조(총회의 기능) 총회에서는 다음의 사항을 의결한다.

1. 회칙의 제정 및 개정

2. 예산 및 사업계획, 회계결산의 승인

3. 임원선출

제9조(정족수) 별도 규정이 없는 한 모든 회의는 재적회원 과반수 참석으로 열고, 참석회원 과반수의 찬성으로 의결한다.

제4장 임원 및 사업

제10조(임원) 회장 1명, 부회장 1명, 총무 1명, 감사 2명으로 한다.

제11조(임기) 회장 및 임원의 임기는 2년 단임으로 한다. 혹 결원

이 생길 경우 총회 및 임시총회에서 보선하고 보선의 경우 잔여임기로 한다.

제12조(임원의 기능) 임원의 의무는 다음과 같다.

    1. 회장은 이 회를 대표하며 회무를 통괄한다.

    2. 부회장은 회장을 보좌하고 회장 유고시 직무를 대행한다.

    3. 감사는 재정 기타 운영에 관한 사항을 감사하여 총회에 보고한다.

제13조(임원회의) 임원회의는 총회의 의결사항을 제외한 다음 가 호의 안건을 의결한다.

    1. 사업계획 수립 및 추진에 관한 사항

    2. 회원자격에 관한 사항

    3. 총회에 상정할 안건

제5장 재정

제14조(재정) 본회의 재정은 회비, 보조금, 찬조금 및 기타수입으로 충당한다.

제15조(회계연도) 본회의 회계연도는 당년 총회까지로 한다.

제6장 부칙

제16조(부칙)

    1. 이 정관은 2002년 1월 2일 개정 및 제정한 날로부터 그 효력을 발휘한다.

    2. 본 회칙에 정하지 아니한 것은 일반관례에 준한다.

    3. 이 정관은 2015년 3월 30일 개정, 그 효력을 발휘한다.

미래시시인회 역대 회장단

제 1 대	채 수 영	1981년 서울
제 2 대	정 성 수	1984년 서울
제 3 대	김 남 환	1986년 서울
제 4 대	이 영 춘	1988년 강원
제 5 대	허 형 만	1990년 목포
제 6 대	구 영 주	1992년 서울
제 7 대	양 은 순	1994년 부산
제 8 대	김 영 훈	1996년 서울
제 9 대	김 종 섭	1998년 경주
제 10 대	장 열	2000년 서울
제 11 대	김 정 원	2002년 서울
제 12 대	이 상 인	2004년 고창
제 13 대	정 재 희	2006년 서울
제 14 대	오 덕 교	2008년 서울
제 15 대	김 규 은	2011년 서울
제 16 대	김 현 지	2013년 서울
제 17 대	김 광 자	2015년 부산
제 18 대	김 현 숙	2017년 경기

미래시시인회 회원 명단 (2017. 01.)

권경식 51425, 경남 창원시 성산구 반송로 177, 210동 804호
(반림동, 현대2차Ⓐ)
☎ 055-321-7698 / 010-4380-7698
kgb6914@hanmail.net

권분자 41572, 대구시 북구 복현로 71, 104동 802호
(블루밍블라운스톤 명문세가 1차)
☎ 053-382-0137 / 010-2263-0188
kbjlove6088@hanmail.net

김경실 05372, 서울시 강동구 풍성로 61길 10-14, 302호(둔촌동, 그랜드Ⓐ)
☎ 02-4738-8754 / 010-7963-1003
web46@hanmail.net

김광자 48114, 부산시 해운대구 좌동순환로 433번길 30, 202-2801호
(고문) (중동, 해운대힐스테이트위브)
☎ 051-742-0742 / 011-881-0742
kseljin0742@hanmail.net

김경숙 10209, 경기도 고양시 일산서구 가좌3로 45, 208동 1403호
(가좌마을2단지아파트)
☎ 031-922-1656 / 010-4136-4402
kkssm04@hanmail.net

김규은 05373, 서울시 강동구 천호대로 1132-18 1동 504호
(고문) (성내동 용명브리지 2차 아파트)
☎ 02-477-5343 / 010-2496-5343
kyueunk@hanmail.net

김남환 03936, 서울시 마포구 월드컵북로 235 27동 302호
(고문) (성산시영아파트)
☎ 02-338-7582/ 010-3752-9582

김만복 44619, 울산시 남구 대학로1번길 29(무거동, 우신고등학교)
☎ 052-257-6414 / 010-9800-6733
kmbc12@naver.com

김미녀 05823, 서울시 송파구 동남로193, 202동 408호(가락동, 쌍용Ⓐ)
(이사) ☎ 02-449-6460 / 010-5674-6460
meenyu62@naver.com

김미윤 51741, 경남 창원시 마산합포구 문화동7길 23
(이사) (창포1가, 동성Ⓐ) 103동 1101호
☎ 055-242-1194 / 010-2585-1194
mykim1194@hanmail.net

김병만 10402, 경기도 고양시 일산동구 호수로 606, A동 1015호
(장항동, 코오롱레이크폴리스)
☎ 031-907-0518 / 010-4227-3383
bmpoem@hanmail.net

김영은 12500, 경기도 양평군 서종면 노문길 29
(이사) ☎ 010-3701-8222
poet-eun@hanmail.net

김영훈 03035, 서울시 종로구 자하문로 서길27 우남501
(고문) ☎ 02-735-8146 / 010-7115-8146
blonkim@hanmail.net

김의식 12039, 경기도 남양주시 오남읍 진건오남로580번길 5-12
(수석감사) (오남리, 대한아파트) 101동 1403호
☎ 031-527-1638 / 010-8631-4944
ry5013@hanmail.net

김정원 13476, 경기도 성남시 분당구 판교로 147, 1103동 804호
(고문) (현대힐스테이트 11단지) 김정숙
☎ 031-781-0504 / 010-3356-0504
wooajnee@hanmail.net

김종섭 38143, 경북 경주시 금성로 319번길 24-1(성건동)
(고문) ☎ 054-772-1025 / 010-3466-9103
kimhupo@hanmail.net

김현숙 15251, 경기도 안산시 단원구 화정천동로 1안길 19(와동) 402호
(회장) ☎ 031-475-7412 / 010-9250-2701
forward0730@hanmail.net

김현지 07071, 서울시 동작구 보라매로 5가길 16, 3602호
(고문) (신대방동, 보라매 아카데미)
☎ 02-832-1292 / 010-3663-1292
poapull@hanmail.net

박태순 58604, 전북 목포시 지적로 40
(감사) ☎ 061 / 010-5232-1665
ppp49@hanmail.net

박종구 37680, 경북 포항시 남구 대이로 100, 111-1505호
(대잠동, 현대홈타운아파트)
☎ 054-277-6151 / 010-9390-1269
musman56@hanmail.net

박찬송 05509, 서울시 송파구 올림픽로 33길 17, 7동 1005호
(신천동, 미성아파트)
☎ 02-415-4583 / 010-9553-4583
chansong58@hanmail.net

박종철 01848, 서울시 노원구 동일로 176길 39-12, 101-108호
(공릉동, 현대아파트)
☎ 02-978-4002 / 010-5691-4002
parkjc0615@hanmail.net

서영숙 55501, 전북 무주군 부남면 대홍로 36
☎ 063-322-0075 / 010-9413-0075
muju508@hanmail.net

신군자 31473, 충남 아산시 배방읍 온천대로 2358, 101동 316호
(세교리, 신라아파트)
☎ 041-556-8662 / 010-4645-8662
tohyang@daum.net

신옥철 15538, 경기도 안산시 상록구 샘골로 148
(본오동, 한미상가) 302호
☎ 031-408-0320 / 010-2632-2801
okchul0320@naver.com

이상인　62067, 광주시 서구 풍암2로 66 201-1204호
(고문)　(풍암동, 금호2차아파트)
　　　☎ 063-563-2287 / 010-3112-2287
　　　lsiing@yahoo.co.kr

이영춘　24414, 강원도 춘천시 지석로 67, 210-202호
(고문)　(석사동, 현진에버빌2차)
　　　☎ 033-254-7356 / 010-6377-7356
　　　lycart@hanmail.net

이은재　41968, 대구시 남구 큰골 3길 30 도서출판 그루
(감사)　☎ 053-253-7872 / 010-6784-7872
　　　guroow@naver.com

이한영　13614, 경기도 성남시 분당구 정자일로 72, 303-1302호
　　　(한라아파트)
　　　☎ 031-604-7686 / 010-8636-7686
　　　alodia1022@hanmail.net

이현명　04775, 서울시 성동구 성덕정길 92(성수동2가) 401호
　　　☎ 02-466-9978 / 010-9119-8773
　　　carol0713@hanmail.net

이희자　04628, 서울시 중구 회계로26길 65. 문학의 집 서울
　　　☎ 031-577-1618 / 010-6855-1618
　　　lheejaa@nate.com

임만근　13499, 경기도 성남시 분당구 장미로 101
　　　(야탑동, 장미마을), 현대아파트 822동 1305호
　　　☎ 031-705-5049 / 010-4156-4772
　　　asong157@hanmail.net

임보선　04612, 서울시 중구 퇴계로 362(신당동) 우신히트텍(임태야)
(부회장)　☎ 02-2232-9296 / 010-6565-8358
　　　bos6954@hanmail.net

임백령　54546, 전북 익산시 하나로 13길 우남그랜드타운 106동 207호
　　　☎ 063-841-3821 / 010-2535-6535
　　　gulbong@naver.com

임화지　12276, 경기도 남양주시 와부읍 덕소로 286-1, 103-1602호
　　　　　(건영리버파크)
　　　　　☎ 031-521-0778 / 010-5328-9144
　　　　　zxx7942@naver.com

윤영훈　62280, 광주광역시 광산구 첨단중앙로68번길 131
　　　　　부영@ 306동 1402호
　　　　　☎ 010-3616-5628
　　　　　yoonyh56@hanmail.net

장 렬　26367, 강원도 원주시 문막읍 동화초교길 31, 1동 909호
(고문)　　(동화리, 문막이화임대Ⓐ)
　　　　　☎ 070-4144-5703 / 010-3327-5703
　　　　　yoll2222@hanmail.net

정남채　24513, 강원도 양구군 양구읍 죽곡로 73번길 2-12
　　　　　A동 104호(죽곡리, 백두산아파트)
　　　　　☎ 010-8720-5211
　　　　　jnc2560@hanmail.net

정성수　12540, 경기도 양평군 용문면 월성 1길 43
(고문)　　☎ 031-772-2970 / 010-9253-2977
　　　　　chungpoet@naver.com

정재희　16325, 경기도 수원시 장안구 덕영대로 535번길 67,
(고문)　　721동 103호(비단마을 영풍마드레빌)
　　　　　☎ 031-308-9885 / 010-3936-9885
　　　　　sohea-jung@hanmail.net

정형택　57058, 전남 영광군 불갑면불갑사로348(모악리)
　　　　　불갑사시설지구내
　　　　　☎ 061-690-3247 / 010-3607-8208
　　　　　asum12@hanmail.net

조명선　42130, 대구시 수성구 명덕로 368, 101-1316
　　　　　(수성동 11가 우방한가람타운 아파트)
　　　　　☎ 053-767-2814 / 010-8567-2814
　　　　　myangsean@edunavi.kr

조영수 25514, 강원도 강릉시 교동광장로138-15 203동 404호
(교동현대2차Ⓐ)
☎ 033-646-3170 / 010-2763-3170
jys77ss@hanmail.net

진 진 63322, 제주시 화삼로 166, 505동 403호(삼화부영Ⓐ)
(이사) ☎ 064-742-5350 / 010-6854-5350
msjcj52@hanmail.net

지 유 61052, 광주 광역시 북구 오치동 설죽로 336번길 21
(이춘숙) 삼익@ 202-307호
(총무) ☎ 062-266-0391 / 010-3621-0856
chm1128@hanmail.net

최한규 26217, 강원도 영월군 남면 광천길 60-6 연광교회
☎ 033-375-1768 / 010-7578-9125
ede343@hanmail.net

채수영 17407, 경기도 이천시 모가면 진상미로 1589번길 57 문사원
(고문) ☎ 031-632-9578 / 010-3715-9792
poetchae@daum.net

한필애 13802, 경기도 과천시 관문로143, 1109동 901호
(중앙동, 래미안에코팰리스Ⓐ)
☎ 031-480-2799 / 010-3093-2799
480h2799@hanmail.net

허형만 13260, 경기도 고양시 덕양구 호국로 859 (성사동)
(고문) 원당 e 편한세상 @ 115동 701호
☎ 010-7558-0600
hhmpoet@hanmail.net

미래시시인회는 미래의 삶을 가꾸며 시창작을 함께 해온
지 37년으로 이제 사화집 제38집으로 《밭 속의 꽃밭》을 상재
하게 되었다. 물론 개인의 사정에 따라 끝까지 함께 하지 못한
동인들도 있지만, 처음부터 끝까지 자리를 지켜온 회원들이
많다. 이에 앞서 '한국문인협회'의 기관지 『월간문학』의 그
큰 울타리 덕택임이 확실하다. 해마다 훌륭한 신인들을 뽑고
그들 자신의 선택으로 미래시시인회에 입회하기에 우수한 회
원을 영입할 수 있고 또 세대별로 이어지는 장점이 있다. 또
그것을 인지하며 꾸준히 노력하는 회원들이기에 '함께 또 따
로' 성장, 발전할 수 있었다.

전 회에 이은 '시화전', '문학기행' 등을 고문단과 의논했지
만 2017년의 폭염과 100년만의 가뭄 앞에서 기력이 약해진 우
리들, 따라서 의욕상실로 다음 해를 기약하기로 했다. 다만 그
간 이런 저런 사유로 흩어진 회원들과 대화를 나누었으며, 그
결과로 사화집에 다시 참여하게 함으로써 옥고를 함께 하는
해후의 기쁨을 얻을 수 있었다.

그러나 오래 기여해 온 동인 한두 분이 여의치 않은 사정으
로 그만두게 되는 아픔도 있었다. 그러나 인간사는 회자정리
(會者定離)가 아니던가.

더위가 가시기 시작한 9월부터는 국제펜클럽 한국본부에서 개최한 '세계한글작가대회'가 경주에서, 한국시인협회가 주최한 평창에서의 '한·중·일 시인축제'가 열려 세계문학의 꽃이 한국에서 활짝 피었다. 그간 못 만난 회원들도 개최지에서 삼삼오오로 함께 참여하여 문학과 돈독한 우정을 누린 시간이 몇 장 화보로 남게 되어 천만다행이다.

또한 동인의 역사를 생각하다가 '젊은 날의 동인들' 한 컷을 화보로 올려보며 세월의 빠름이 새삼스러웠다. '지금'이 그야말로 '황금'만큼 귀한 보배라는 말을 실감한다.

올해의 아쉬움을 채우듯 '한국문인협회' 문효치 이사장님과 편집인의 깊은 관심과 배려로 '미래시시인회 특집원고'를 『한국문학인』에 게재함으로써 회원들에게 따뜻한 위안과 힘이 되었음을 감사한다. 또한 문효치 이사장님의 '미래시시인회' 사화집 제38집 축사에서 언급하신 문학적 정신 자세는 우리 문인들이 가끔 잊어버리는 본질을 돌이키는 계기가 되리라고 생각한다.

표지화를 그려 주신 김정 화백님과 원고를 모으느라 수고하신 지유 총무님, 그리고 예쁘게 편집해 주신 출판사 '한누리미디어', 또 가끔 동인회를 염려하여 안부 전해 오신 김정원, 김광자, 김영훈 고문님 등과 동인회의 초석으로 계속 자리를 지켜 주시는 채수영(시인, 문학비평가) 고문님과 정성수(문협 시분과 회장) 고문님께도 깊이 감사드린다.

(김현숙)

국립중앙도서관 출판예정도서목록(CIP)

밭 속의 꽃밭 / 지은이 : 김현숙 외. -- 서울 : 한누리미디어, 2017
  p. ; cm. -- (미래시시인회 사화집 ; 제38집)

ISBN 978-89-7969-763-6 03810 : ₩12000

한국 현대시 [韓國現代詩]

811.7-KDC6
895.715-DDC23   CIP2017030140

미래시시인회 사화집 제38집

밭 속의 꽃밭

•

지은이 / 김현숙 외
발행인 / 김영란
발행처 / 한누리미디어
디자인 / 지선숙

•

08303, 서울시 구로구 구로중앙로18길 40, 2층(구로동)
전화 / (02)379-4514, 379-4519
Fax / (02)379-4516
E-mail/hannury2003@hanmail.net

•

신고번호 / 제 25100-2016-000025호
신고연월일 / 2016. 4. 11
등록일 / 1993. 11. 4

•

초판발행일 / 2017년 11월 20일

•

ⓒ 2017 김현숙 외 Printed in KOREA

•

값 12,000원

•

•

ISBN 978-89-7969-763-6 03810